AF295856

Le Bovarysme

La Psychologie
dans l'œuvre de Flaubert

par

J. DE GAULTIER

Prix : 1 fr. 50

PARIS

LIBRAIRIE LÉOPOLD CERF

13, RUE DE MÉDICIS, 13

1892

Le Bovarysme

Le Bovarysme

La Psychologie
dans l'œuvre de Flaubert

par

J. DE GAULTIER

PARIS

LIBRAIRIE LÉOPOLD CERF

13, RUE DE MÉDICIS, 13

1892

Le Bovarysme

I

Dans une étude, publiée en 1876, par la *Revue des Deux-Mondes*, M. Montégut a le premier signalé la portée psychologique et morale de l'œuvre de Flaubert; après lui M. P. Bourget, séduit par ce même point de vue de vérité humaine, a consacré à le mettre en relief, à le dégager des romans du maître, quelques-unes de ses pages les plus belles et les plus pénétrantes. Peut-être n'est-il pas inutile, avant d'entreprendre une tâche analogue, de rappeler les rôles et les soins divers qui incombent à l'écrivain, faisant œuvre d'artiste et au critique faisant fonction de psychologue : aussi bien, cet acharnement des critiques à extraire des productions d'art la philosophie qu'elles renferment pourrait-il donner à penser que l'écrivain s'est assigné le but de rendre saillante dans son œuvre une opinion, une théorie, une idée morale ou philosophique? Aucune préoccupation ne fut, on le sait, plus éloignée de l'esprit de Flaubert et plus étrangère à l'idée qu'il se formait de la tâche d'un romancier. Partisan absolu de l'autonomie de l'art et de l'impersonnalité de l'auteur en matière d'opinion, il attachait une importance extrême et prépondérante au métier littéraire en lui-même, à la perfection de la forme, et il traçait une ligne de démarcation absolue entre la morale et l'honnêteté, la science et l'enseignement, qu'il tenait pour choses indispensables au maintien de l'ordre établi, et l'art littéraire qui

est une chose autre, entièrement distincte, ayant pour objet de
reproduire, au moyen du mot et de la phrase, tout ce qui dans
le monde visible ou dans le monde des sentiments et des idées
a une valeur de représentation. Ce n'est pas en atténuant la
rigueur de ces principes, mais en les acceptant, au contraire,
dans leur sens le plus strict, qu'il est possible d'expliquer
comment le pur amour de la forme et l'absence voulue de
toute opinion chez l'artiste, peuvent produire et produisent
seuls des œuvres suggestives pour l'esprit critique d'opinions
morales et d'aperçus psychologiques tout neufs.

Il suffit pour cela de considérer la genèse de toute opinion :
de quelque nature soit-elle, elle suppose l'existence de trois
facteurs : des faits de l'ordre physique ou moral, un intellect
qui les perçoit, un jugement qui les compare, en déduit une
opinion. Ce jugement qui suppose l'examen préalable des faits
et leur perception, est l'œuvre du moraliste, tandis que la
perception de ces faits est plus spécialement l'œuvre de l'artiste dont le rôle consiste selon une définition de M. A. Daudet
« à voir et à faire voir ». Or, cet acte de perception, cet acte
de vision, qu'il s'applique aux objets extérieurs ou aux faits de
conscience, est infiniment rare ; aussi rare que l'opinion est
banale. Facilement transmissible comme un héritage, celle-ci
est une monnaie courante, que chacun se passe de main en
main ; elle est un résumé, l'essence et comme une sorte d'al-
gèbre immuable et portative des réalités ; elle dispense l'homme
de voir et de connaître les choses en elles-mêmes ; aussi a-t-il
la passion de juger, d'émettre des opinions ; cet emploi de son
esprit flatte à la fois son amour-propre et favorise sa paresse ;
il exerce une souveraineté, il l'exerce sans sortir de lui-même,
sans l'effort fatigant de cet acte visuel, dont la faculté peu à peu
s'atrophie en lui ; s'il l'accomplit, ce n'est plus qu'au travers
des opinions déjà acquises, guidé par elles, et comme celles-ci
ne sont que la représentation de certains faits, découverts par
une vision antérieure, — semblables à de grandes routes soi-
gneusement entretenues, qui ne desservent que des villes et
des villages bien connus, — elles ne longent et cotoient que
ces mêmes phénomènes déjà notés, de sorte qu'aucun élément
nouveau ne peut se dégager de ce facile examen à travers une
région entièrement explorée du domaine de la connaissance.

L'artiste littéraire, en raison de l'impersonnalité prescrite par Flaubert, en raison de l'absence de toute opinion préalable, échappe au danger de recommencer à nouveau un travail déjà fait ; il regarde simplement les choses de la vie et s'il possède ce don de vision qui le sacre artiste, cette vision pure et simple découvre et met en relief des faces de la réalité encore ignorées ; ses facultés de perception, seules en éveil, procèdent avec la sûreté infaillible d'un instinct ; semblable à un bon chien de chasse, qui ne s'en rapporte qu'à son flair, il se laisse avec confiance diriger par elles et fait lever, devant l'esprit attentif du philosophe, des vols d'idées tapies jusque-là sous de menus faits encore inobservés.

Or, le propre de tout instinct est de faire une sélection parmi les êtres, les objets auxquels il s'applique et de choisir parmi ceux-ci des spécimens unis par des rapports communs.

C'est ainsi que les abeilles, en visitant de préférence parmi les fleurs certaines espèces dont elles extraient les sucs élémentaires du miel, signalent à l'attention du naturaliste, des particularités inhérentes à chacune de ces espèces, des similitudes entre elles et l'existence d'un lien naturel qui les rapproche et les range dans un groupe déterminé ; en vertu du principe de corrélation, cette commune particularité qui les rend propres à fournir la matière première du miel, accompagne entre elles d'autres ressemblances, entraîne d'autres propriétés, qui, pour n'intéresser point l'instinct des abeilles, n'en sont pas moins pour les botanistes, l'occasion de précieuses constatations et de fécondes déductions.

De même et par le fait qu'elle est instinctive et non raisonnée la vision de l'artiste n'est pas arbitraire : régie par son tempérament qui détermine la forme de ses perceptions, lui impose le choix de ses sujets et fixe son attention sur une même face des choses commune aux objets les plus variés, elle fait émerger de l'ombre, en les marquant d'un point lumineux, certains faits de la nature humaine, certaines habitudes de la pensée, certaines manifestations de l'activité ; elle trace ainsi une piste sûre que l'esprit investigateur du philosophe suit aisément et au bout de laquelle il trouve une idée générale enchaînant par un lien logique ces faits épars.

S'il faut admettre avec les penseurs les plus modernes, avec

Flaubert lui-même, que la réalité est un vain mot, que les choses n'existent pas en elles-mêmes, que tout n'est qu'une illusion et qu'il n'y a de vrai que les rapports, c'est-à-dire la façon dont nous percevons les objets, le rôle de l'artiste considéré comme voyant n'est pas amoindri ou modifié par cette conception.

Insoucieux des rapports déjà établis, qui dans cette théorie représentent les opinions acquises, il se met en communication directe avec les êtres et les choses, laisse filtrer la vie au travers de son tempérament et recueillant l'impression qu'il en reçoit, la transporte dans son œuvre ; elle est son point de contact avec les objets de son observation et l'œuvre ne vaut que par la qualité de cette impression ressentie, de sorte que l'impersonnalité en matière d'opinion a pour contre-partie une personnalité puissante et originale du tempérament de la vision de l'artiste. Dans cette hypothèse encore, le psychologue n'a qu'à se pencher sans effort sur l'œuvre de l'écrivain pour y découvrir ce rapport nouveau qui vient de s'établir entre les choses et une intelligence humaine ; il n'a qu'à formuler ce rapport pour en déduire une opinion nouvelle, philosophique ou morale. La vie en passant au travers de ce filtre, qui est le tempérament de l'auteur, s'est imprégnée d'une saveur spéciale qui se retrouve dans l'œuvre, après s'y être dissoute uniformément comme une pincée de sel ; cette saveur subtile et persistante guide le goût du critique, lui révèle le secret de l'émotion de l'écrivain et la loi de sa vision.

Il résulte de cette rapide analyse que les opinions philosophiques ou morales déjà connues ne sont point génératrices d'opinions nouvelles. La philosophie est contenue dans la vie, c'est la vie qu'il faut regarder. L'artiste, le voyant tel que le conçoit Flaubert, remplit cette tâche ; il se garde d'émettre des opinions, il n'en a cure ; mais par les faits nouveaux que l'originalité de sa vision met en lumière, son œuvre est suggestive d'opinions dans l'esprit du psychologue.

C'est là une des conséquences du principe d'adaptation des buts particuliers à des buts plus généraux ou simplement étrangers aux fins que se proposait l'effort individuel. Les abeilles non plus, lorsqu'elles distillent le suc des fleurs et l'entassent dans leurs rayons de cire, ne se soucient guère du

goût agréable et des propriétés thérapeutiques que l'homme re-
connaîtra au miel.

Si l'impersonnalité de l'opinion chez l'écrivain pouvait sem-
bler, à première vue, incompatible avec la portée morale accordée par les critiques à l'œuvre de Flaubert, le souci qu'il a de
la forme, l'importance qu'il attache au métier littéraire rap-
prochés de l'indifférence qu'il affiche pour le sujet traité sem-
blent aussi prémunir les amateurs de philosophie contre la
tentation de rechercher dans ses romans aucun point de vue
qui les intéresse. Mais là encore, l'objection qui s'élève dans
l'esprit n'a qu'une force apparente et un examen quelque peu
approfondi de la question suffit pour la faire voir sous un
jour différent. Cet amour de la forme hautement proclamé par
Flaubert dans sa correspondance, le rattache aux partisans dé-
clarés de la théorie de « l'art pour l'art », théorie fort malmenée
par quelques critiques utilitaires et qui se borne pourtant à
énoncer cette vérité axiomatique à savoir, qu'un artiste doit
être un artiste; aussi n'est-il point sans intérêt de tenter une
explication et une réhabilitation de cette théorie, en restituant
au métier littéraire son importance essentielle et la prépondé-
rance qui lui appartient dans la production de l'œuvre.

Tandis que l'impersonnalité de l'opinion répond à la première partie de la définition du rôle de l'artiste, donnée par
M. Daudet, « Voir », l'importance extrême attachée au métier
littéraire répond à la seconde exigence de cette définition « faire
voir ». Le don de vision n'est que la partie contemplative du
rôle de l'artiste; la partie active c'est le don d'exécution sans
lequel le plus grand voyant reste à l'état de personnage muet.

En faisant tenir la définition de l'Art tout entier dans les qualités d'exécution, les théoriciens de l'Art pour l'Art n'ont fait
en somme qu'extraire de ce concept la qualité essentielle qui
suppose toutes les autres ; car, si la vision ne suppose pas né-
cessairement la faculté de faire participer les autres à cette
vision, le don de faire voir suppose de toute nécessité une
vision préalable. Par le fait de l'exécution, l'œuvre d'art existe;
tout ce qu'il est possible d'accorder, c'est qu'elle varie d'intérêt
selon que sa beauté formelle s'associe à une vision plus ou
moins complète et plus ou moins originale de la vie.

M. Taine, dans son *Histoire de la littérature anglaise*, signale certaines périodes artistiques durant lesquelles les ouvriers littéraires sont uniquement préoccupés de perfectionner l'outil à l'aide duquel ils édifient leur œuvre, condition indispensable de leur travail, le style. Ils le transforment pour quelque grand ouvrier, qui viendra après eux et qui, recueillant le prix de leurs efforts, muni d'un instrument d'une puissance et d'une délicatesse parfaites, pétrira en pleine pâte humaine des chefs-d'œuvre inoubliables. Telle fut l'époque de Pope, et telles sont en général les époques de transition : après les enfantements du génie, la pensée humaine semble parfois se reposer ; mais, comme l'instinct de ces oiseaux dépaysés qui, frappés de stérilité, n'en préparent pas moins un nid pour des œufs qui n'écloront pas, l'intelligence inquiète de quelques artistes continue la tradition et consacre tout son effort à la construction, à la disposition des matériaux précieux qui sont le berceau des œuvres. Au-dessus de ces utiles artisans, une phase récente de notre littérature nous montre comment le pur amour de la forme et du métier littéraire, la démangeaison du style en se combinant avec des facultés de vision fort diverses produisent des œuvres d'une portée aussi inégale que celles de Saint-Victor, de Théophile Gautier et de Flaubert. Tous trois également et principalement occupés de la perfection de la main-d'œuvre, ont créé ou retrouvé des modes d'expression, des tournures et des allures de phrase. Saint-Victor, de son commerce avec les auteurs anciens, a rapporté des raccourcis d'image empruntés à Tacite, le tour élégant et précis de la phrase latine, et cette propriété de termes qui colle exactement le mot sur son objet, jointe à l'épithète inépuisable et fleurie des poètes grecs.

Muni de cette langue merveilleuse et torturé par le besoin de l'appliquer à quelque chose, il ouvre les yeux et ne voit pas la vie ; ce grand virtuose n'était pas un observateur des réalités ambiantes, le monde moral n'intéressait pas davantage sa sensibilité. En quête d'un texte à traduire, il s'adresse à l'histoire : il ne lui demande que des maquettes ; il possède ce qu'il faut pour les transformer en marbres rares, à l'éblouissante blancheur, aux contours délicats et précis, il cherche des motifs de décoration sur lesquels il étendra les tentures souples et brillantes de son style ; il exhume des squelettes de grands hommes, retrace d'un trait sûr les lignes de leur profil et dissimule sous les plis habilement drapés de la toge, l'attitude raidie du cadavre. — Gautier a introduit dans le style tous les procédés de la peinture, le sens de la couleur et du relief. Autant que Saint-Victor, il eut la passion de son art et fut un merveilleux exécutant. Mais ce fut en outre un voyant des objets extérieurs. « Critiques et louanges, dit-il, m'abîment et me louent sans comprendre un mot de mon talent. Toute ma valeur, ils n'ont jamais parlé de cela, c'est que je suis un homme pour qui le monde extérieur existe » (*Journal des Goncourt*). En effet, il est doué de toutes les qualités qui font le peintre et le sculpteur, et comme au lieu d'avoir sur sa palette des couleurs écrasées, il a au bout de sa plume des mots en quantité inouïe, et d'une richesse, d'une variété incomparables, il transforme hardiment en ces éléments moins matériels la masse pesante des monuments, le tissu et les bigarrures du costume, les beautés sereines de la nature. Il a trouvé ce thème à son talent. S'agit-il de relier entre elles ses descriptions des objets visibles par une intrigue, par la mise en scène de quelques mouvements de l'âme, il fouille dans le vieux répertoire, qui contient un assortiment varié d'accessoires en ce genre : il en rapporte quelques friperies sur l'amour, sur le sentiment filial, sur la jalousie, les rapièce, les plaque au bon endroit et ce travail est encore pour lui un prétexte à déployer sa maîtrise, à placer son style.

Flaubert aussi est dominé par ce souci d'artisan qui a un outil dans la main et veut s'en servir : il cède à ce penchant vainqueur lorsqu'il écrit des livres tels que *Salambô*, des nouvelles comme *Hérodias* ou la légende de *Saint Julien* l'hospitalier. Dans la *Tentation de saint Antoine*, et bien qu'on en puisse dégager l'idée chère au maître de la vanité de tous les systèmes philosophiques et religieux qui se viennent tour à tour contredire et ruiner les uns les autres, ne faut-il pas voir surtout l'exploitation, par l'artiste, d'un nouveau filon, d'une veine nouvelle, celle des idées abstraites qui relèvent, elles aussi, du domaine de son art puisque le mot peut les rendre. N'y sont-elles point traitées ces idées abstraites avec la même indifférence que s'il s'agissait d'objets du monde extérieur ? N'ont-elles point comme les objets visibles une existence propre, une entité ? Elles gouvernent ou ont gouverné des cerveaux humains et, à ce titre, elles ont pour l'artiste en dehors de leur intérêt philosophique une valeur de représentation. Sans souci de leur vérité intrinsèque, il les copie parce qu'elles existent et qu'elles sont par là même des motifs de description comme le sont un temple carthaginois ou des lions crucifiés.

Lorsque, à l'imitation de Saint-Victor et de Gautier, Flaubert, comme dans *Salambô*, demande à l'histoire et au monde des objets visibles, la trame de son œuvre, le canevas sur lequel il disposera les mots en phrases diversement colorées, il semble qu'il satisfait sa vraie nature. Il épanche dans ses lettres la joie que lui cause ce travail. La présence du modèle vivant ne contraint plus l'artiste consciencieux à suivre scrupuleusement le dessin de ses lignes, à observer le modelé et le relief de sa plastique; l'histoire donne bien quelques renseignements dont il ne faut s'écarter; mais ce sont des indications vagues et incomplètes et pour reconstituer l'ensemble de ce monde disparu, ses mœurs, son costume, ses sentiments, sa religion, la solennité de ses fêtes, l'esprit devra procéder par hypothèses, par tâtonnements et par analogies; l'imagination sera le principal agent de ce travail : et avec la foi qu'avait Flaubert dans la puissance et dans une sorte de vertu secrète de la phrase et du mot, avec la croyance à l'identité de la forme et du fond, n'était-il point amené à considérer la beauté purement littéraire de son œuvre comme une garantie de sa vérité et de son exactitude?

Quelle force intime détermina ce pur amoureux de la forme à composer des livres tels que Mme Bovary, l'Education sentimentale, Bouvard et Pécuchet, tout pleins, tout débordants de vérité humaine? Nulle autre que la passion même de son métier, le besoin d'écrire, le prurit du style. Mais cette passion est combinée chez lui avec le don de vision des réalités ambiantes, don auquel il ne peut se soustraire et qu'il utilise à alimenter sa consommation littéraire. Or, il n'est pas comme Gautier, un homme pour lequel le monde visible seul existe; il est un homme pour qui le monde visible et aussi le monde moral et psychologique existent. « Il possédait, dit M. Guy de Maupassant, la faculté de pénétrer dans la pensée des autres. »

Et cette pensée des autres agit sur sa sensibilité d'écrivain à
la façon dont les objets visibles agissent sur la rétine d'un
peintre. Aussi, s'il demande parfois aux lointains de l'histoire
le texte à traduire, le plus souvent et malgré lui, les am-
biances le sollicitent avec une force irrésistible ; c'est en vain
qu'il aspire à se réfugier dans un monde imaginaire où le
métier soit moins rude, la réalité l'obsède ; s'il ferme les yeux
pour ne pas voir, elle entre en lui par tous ses pores ; il la hait
et cette haine aiguise jusqu'au paroxysme cette puissance
d'observation à laquelle il est condamné. Qu'il le veuille ou
non, il possède une nature d'une sensibilité, d'une réceptivité
inouïes ; les formes et les couleurs, en effleurant son œil, gra-
vent dans son cerveau d'ineffaçables empreintes. Tout le
monde moral aussi l'assaille ; les opinions, les idées, les sentiments, les sensations, les manières de penser des gens qu'il
a coudoyés dans la foule, envahissent son âme, heurtent son
cerveau comme un brusque et soudain attouchement.

Quelque désir qu'il en ait, il ne peut trouver de refuge contre
cette persécution des êtres et des objets réels enchaînant ses
yeux et son attention. Et leur choc sur son âme a été si rude,
qu'ils sont là toujours renaissants, prêts à réapparaître à la
moindre évocation : l'artiste se met à l'œuvre ; ils posent avec
obstination devant lui et lui offrent des images d'une netteté si
complète qu'il est contraint de les reproduire dans leur intégrité : car elles se dressent devant son esprit halluciné, impla-
cables comme des fantômes, tenaces comme des mendiantes,
jusqu'à ce qu'elles soient chassées par le style, jusqu'à ce
qu'elles s'évanouissent masquées par la justesse du mot, con-
fondues dans l'identité de l'expression, absorbées tout entières
dans la substance du terme et de la phrase. « Moi, pauvre
bougre, dit-il dans une lettre à George Sand, je suis collé sur
la terre comme par des semelles de plomb. » Contraint d'accepter cette fatalité de son tempérament, il s'y résigne, se
met au labeur et de l'assemblage de ces facultés diverses dont
il est doué, naît cette œuvre merveilleuse, œuvre d'artiste par
excellence, faite pour assouvir la passion de style des plus
délicats, et toute entière traversée par une lueur éclatante et
uniforme, illuminant les tréfonds inexplorés de l'âme humaine.
Seule, la démangeaison du style lui a mis la plume en main, le

souci de faire parler les mots et chanter les phrases : ce souci
dominateur et son indifférence pour toute autre considération,
font obstacle à ce qu'il altère par un travail de raisonnement
antérieur, la sincérité du rapport qui s'établit entre lui et les
choses : uniquement préoccupé de ce travail d'art, qui consiste,
étant donnés un être ou un objet réels, à découvrir parmi tous
les vocables, celui qui dans le monde des mots en est la valeur
équivalente, à tracer telle sinuosité, telle ondulation de la
phrase qui rendra dans sa totalité et dans sa vérité l'impression sur son esprit de cet être ou de cet objet, il nous donne,
selon le mot de Zola, une représentation de la vie à travers
son tempérament ; de telle sorte que la prédilection de l'artiste
pour la partie technique et purement formelle de son œuvre,
est garante de l'intégrité du rapport existant entre le voyant et
les réalités.

II

Ces considérations nécessaires pour sauvegarder l'intention
purement artiste des romans de Flaubert, expliquent l'intérêt
considérable qu'ils offrent pourtant aux investigations des
psychologues et les commentaires dont ils ont déjà fourni le
texte. Il serait téméraire, sans doute, de revenir sur un sujet déjà
traité par des plumes aussi autorisées que celles de M. Montégut, de M. Zola, de M. Brunetière et de M. P. Bourget, si
depuis les études consacrées par eux à l'œuvre de Flaubert,
des faits nouveaux ne s'étaient produits, justifiant cette tentative par les documents complémentaires qu'ils ont fournis à
la critique. Ces faits sont la publication du *Journal des Goncourt*
et celle de la *Correspondance générale* du maître, le Journal
contenant sur la physionomie morale de Flaubert, sur les
habitudes et les tendances de son esprit d'intéressantes indications, les lettres révélant l'intime concordance qui existe
entre l'œuvre et la sensibilité de l'écrivain, manifestant ses
préférences artistiques, ses opinions philosophiques et cette
puissante personnalité qu'il cachait avec tant de soin dans ses
romans sous l'impassibilité de la forme. Ces éléments nou-

veaux donnent une notion plus complète du mode de vision à travers lequel il percevait les réalités, et à mesure que cette vision est mieux connue, elle semble s'élargir, embrasser un ensemble de faits plus nombreux, pénétrer jusqu'à des régions plus profondes de l'âme, mettre à nu des ressorts plus intimes, dévoiler des mobiles plus élémentaires du cœur humain.

M. Montégut a constaté que l'apparition de *Madame Bovary* a « mis fin à certaines influences longtemps souveraines », qu'elle a été « en toute réalité pour le faux idéal mis à la mode par l'école romantique et pour la dangereuse sentimentalité qui en était la conséquence, ce que *Don Quichotte* a été pour la manie chevaleresque trop longtemps prolongée de l'Espagne, ou encore, ce que les *Précieuses ridicules* ou les *Femmes savantes* de Molière ont été pour l'influence de l'Hôtel de Rambouillet ». « De même que Cervantès a porté le coup de la mort à la manie chevaleresque avec les armes mêmes de la chevalerie, c'est avec les procédés mêmes de l'école romantique que G. Flaubert a ruiné le faux idéal mis à la mode par elle, c'est avec les ressources mêmes de l'imagination qu'il a peint les vices et les erreurs de l'imagination. » Malgré la justesse de ces assertions, il y a autre chose dans *Madame Bovary* qu'une caricature du romantisme, qu'une protestation plastique contre l'idéalisation du vice; la vision de l'écrivain a fait saillir dans son œuvre un principe indestructible et foncier de l'âme humaine et l'a mis à nu dans ses manifestations malsaines, auxquelles n'a pas mis fin l'apparition de *Madame Bovary* parce qu'il y a des maladies dont les causes profondes persistent irrémédiablement bien qu'elles soient signalées et connues. Ce principe funeste, M. Bourget l'a dénommé le mal de la Pensée, de « la Pensée qui précède l'expérience au lieu de s'y assujettir, le mal d'avoir connu l'image de la réalité avant la réalité, l'image des sensations et des sentiments avant les sensations et les sentiments ». Un tel état d'âme crée une disproportion et cette disproportion qui fait souffrir les personnages de Flaubert, « provient toujours et partout de ce qu'ils se sont façonné une idée par avance des sentiments qu'ils éprouveront. C'est à cette idée d'avant la vie que les circonstances d'abord, puis eux-mêmes font banqueroute. » Il était difficile de formuler avec plus de profondeur et de netteté le cas morbide duquel relèvent tous les personnages de Flaubert. Ne semble-t-il pas, en effet, que la vision du maître ait décomposé l'âme humaine en deux parts ? Dans l'une, on trouverait à l'analyse les tendances et les goûts réels qu'imposent à l'individu la qualité de son tempérament, la composition de son sang, la tension et la délicatesse de son système nerveux, les connaissances que lui permet d'acquérir la structure propre de son cerveau, les impressions qu'il reçoit directement des choses en raison de la nature de sa sensibilité; — dans l'autre, toutes les idées que lui donnent de ces mêmes choses l'éducation spéciale qu'il a reçue, sa faculté d'imaginer et toutes les causes productrices d'images dont il a subi l'influence. Dans l'état de parfaite santé morale, ces deux parties de l'âme se font équilibre ; les connaissances qu'elles apportent se complètent les unes les autres, et la faculté d'imaginer, d'admettre par l'éducation des idées et des notions non obtenues directement par une expérience et par un labeur personnels, mais léguées par les générations précédentes comme le résumé de leur effort, cette faculté vient en aide, s'ajoute aux dons d'observation directe et contribue à les développer. C'est elle qui fait de l'homme un être susceptible de civilisation, c'est-à-dire doué du privilège de faire profiter ses descendants des connaissances scientifiques et morales acquises pendant son passage à travers la vie. Aux époques primitives de l'humanité, ce bagage transmis par une génération à celle qui la suit est si mince, que les nouveaux venus sont à tout instant tenus d'avoir recours à leurs perceptions, de n'admettre entre eux et les réalités aucun intermédiaire, les notions qu'on leur a laissées sont si voisines encore des pures sensations qu'à tout instant ils refont et recommencent le travail d'abstraction accompli déjà par leurs ancêtres ; les idées morales dont ils ont hérité sur le bien et le mal, sur le devoir, sur l'honneur, sont encore si proches de l'instinct qu'elles se confondent avec lui, qu'elles l'évoquent et qu'il est toujours prêt à protester par le seul fait de son énergie contre toute altération qu'elles auraient pu subir. Mais peu à peu, la civilisation se développe et en même temps les termes du rapport se modifient ; le cercle des connaissances acquises s'élargit chaque jour et l'intelligence humaine se trouve en présence d'un si grand nombre de questions posées et résolues qu'elle ne peut les vérifier toutes : elle en est réduite sur presque tous les sujets à accepter comme bonnes, sans contrôle préalable, les solutions qu'on lui propose, à ne considérer que les résultats sans s'inquiéter des voies et moyens par lesquels ils ont été obtenus, à s'attacher aux opinions sans bien connaître les faits sur lesquels elles s'appuient. Alors tous les sentiments naturels sont représentés par une conception générale ayant cours, ayant force de loi ; il y a une conception de l'amour, il y a une conception de la vertu, il y en a une de l'honneur et ces conceptions sont sujettes à changer d'un siècle à l'autre, souvent dans un intervalle de temps plus court. Comme les moyens de répandre les opinions ont pris une extension considérable, comme le livre et le journal permettent à un grand nombre d'hommes de propager leur pensée, et à un plus grand nombre d'hommes de s'emparer de la pensée des autres, il s'en suit qu'il y a sur chaque sujet mille opinions pour une ; et cette pluralité s'étend non seulement aux idées morales dont chaque classe de la société se fait souvent un idéal différent, qui sont à la merci des influences du milieu et de la littérature, mais aussi aux faits de l'histoire, qui au travers des passions politiques et religieuses, prennent un aspect infiniment divers et varient jusqu'à se formellement contredire. Pour se mettre bien vite au niveau des connaissances de son temps, que de notions à acquérir pour l'enfant venu dans ces siècles attardés ! Que de choses à s'assimiler pour lesquelles il devra s'en rapporter à l'éducation reçue, faire appel à cette seule faculté sous l'empire de laquelle l'homme croit à des faits qu'il n'a pas vus, admet des vérités scientifiques que ses facultés naturelles ne lui eussent point révélées, imagine des sentiments, des manières d'être qu'il n'a pas éprouvés. Un nombre infini d'erreurs et d'idées fausses peuvent se glisser par cette voie de l'éducation dans son intelligence : mais en supposant même que cette éducation ait été parfaite, ce seul fait de connaître des existences antérieures à la sienne, de savoir comment se sont comportées ces existences dans toutes les conjonctures de la vie, constitue pour lui autant qu'un modèle pour le diriger, un mirage aussi qui lui déflore les réalités, enlève à ses impressions leur naïveté et leur vérité : plus les grandes images de l'histoire s'étagent devant ses yeux en perspectives, plus hautes, plus lointaines et plus multipliées, plus il devient pour lui difficile d'échapper à la fascination qu'exercent sur son âme les hauts faits de héros si vantés et les idées qui ont inspiré de tels hommes ; il en vient à ne regarder la vie présente qu'à travers le prisme du passé ; il ne s'en rapporte plus à ses sensations et à ses propres perceptions ; il les néglige et n'en tient compte ; car il a de toutes choses une idée préconçue ; il sait ce qu'il doit éprouver en présence de tel fait et si l'émotion ne vient pas, il l'imagine ; il sait par avance ce qu'il doit aimer et ce qu'il doit haïr et ces sentiments imaginaires de choses imaginaires finissent par obscurcir les réalités, par rendre ses nerfs inaptes à retirer de la vie des impressions personnelles. Pour résister à cette invasion dans son âme de ces âmes étrangères, il faut chez l'homme moderne que la vigueur du tempérament se soit accrue et fortifiée en même temps que s'accumulait l'amas des images se formant pour l'assaillir : s'il en est ainsi, la relation normale persiste et loin de détruire sa personnalité, ce monceau de connaissances que lui transmettent les siècles antérieurs est pour lui un trésor dans lequel il puise librement et dont il contrôle l'authenticité au moyen des données de sa propre nature restée tout entière et intacte ; au lieu d'être submergé sous ces flots d'images, il est soulevé par eux et les domine. Mais de tels hommes sont rares et l'être que nous a montré Flaubert, en proie à l'ignorance et aux défaillances de la personnalité, sombre englouti sous ces masses mouvantes de sentiments et d'idées. Alors il réalise ce bizarre état pathologique de l'hypnotisé dont la volonté abolie est remplacée par une influence étrangère régissant ses actes et déterminant les mouvements de son corps ; des idées qu'il n'a pas conçues élisent domicile dans son cerveau, il est en proie à des désirs, à des répulsions auxquels sa sensibilité n'a point de part, et tout ce qui était lui s'efface peu à peu pour faire place à je ne sais quelle caricature grotesque qui grimace étrangement sur les lignes d'un visage fait pour d'autres expressions.

Cette maladie de l'âme n'est donc pas de nature passagère, elle n'est pas destinée à disparaître comme une éphémère manifestation de la mode : inhérente à toutes les civilisations avancées, elle accompagnera la nôtre jusqu'à ce qu'un cataclysme de nature inconnue anéantisse tout ce qui constitue notre état social et fasse surgir une humanité nouvelle qui portera dans son cerveau le germe d'un mal semblable. Toutefois, plusieurs circonstances ont contribué depuis environ un siècle à rendre plus saillant cet état pathologique, à déséquilibrer l'âme humaine en affaiblissant d'une part le tempérament de la race, tandis que toutes les causes qui peuvent exercer une influence prépondérante sur les esprits et les arracher à eux-mêmes s'unissaient pour faire de la génération décrite par Flaubert une proie livrée à la voracité des images. M. Bourget a montré comment les guerres de la Révolution et de l'Empire, en développant dans les esprits le goût de l'exotisme, et dans les cœurs « l'infini besoin de sensations intenses », ont créé l'idéal et la littérature romantiques. C'est d'ailleurs une loi générale de l'esprit humain que cette succession des périodes littéraires aux périodes guerrières et d'action forcenée. Les proscriptions de Sylla, les égorgements de la guerre civile sont les sanglants propylées par lesquels on pénètre dans ce temple majestueux de la littérature que fut le règne d'Auguste. La Ligue, la France déchirée par les luttes religieuses, en proie au Nord et au Midi à l'invasion étrangère, toute crispée dans la main raidie de Richelieu, telles sont les prémisses du siècle de Louis XIV. Surchauffée par le choc des événements, l'âme humaine se manifeste par des actes dramatiques, par de tragiques emportements ; puis, lorsque la température du milieu s'est refroidie, lorsque les événements font défaut, cette force exaspérée, prête à jaillir en actes, et désormais sans emploi sous cette forme brute, peu à peu se transpose ; elle se traduit par des pensées et par des formes artistiques, s'insinue dans les mots qu'elle anime, circule dans les veines du marbre qu'elle façonne, vibre et s'épand dans les ondes sonores. C'est en raison de cette loi que la grande période littéraire de 1830 fait suite à la forte poussée d'action du commencement du siècle et que toutes les énergies vitales bandées pour les violences de la guerre trouvent un dérivatif dans les orgies de l'imagination romantique. Châteaubriand rapporte de la fin du siècle passé cette langueur que Rousseau a répandue dans ses écrits, que Bernardin de Saint-Pierre a attisée dans *Paul et*

Virginie ; avec *Atala* idéalisant la sensation par la force et l'exclusivisme qu'il lui prête ; avec *René*, faisant brûler la passion secrètement cachée dans les replis du cœur, inflexible comme la fatalité antique, inassouvie, causant la mort. Alfred de Musset signale la maladie du siècle, cette disproportion entre la violence des désirs et la platitude des réalités. Après, Byron, après *Lara*, *Child Arold* et le *Corsaire*, il crée ce Frantz de la *Coupe et les lèvres*, cette entité d'orgueil. V. Hugo avec *Hernani*, Alexandre Dumas avec *Antony*, emplissent de passion le cœur de leurs personnages, et de ces êtres qui sont uniquement passionnés, font le type idéal de l'humanité. Nodier a importé d'Allemagne la passion suicidante et fait pour l'esprit français des adaptations de *Werther*. Tous, poètes et prosateurs, ont mis en scène des êtres humains doués de toutes les énergies, supérieurs à la vie commune, séduisants par la force et la noblesse de leur caractère, par l'orgueil qui les élève au-dessus des autres hommes, et pour assouvir les élans, les aspirations de ces natures sublimes, il ont créé un idéal de l'amour dans lequel viennent se fondre toutes ces ardeurs. Cette littérature, frémissante encore et toute pantelante des convulsions des dernières luttes, toute imprégnée du souffle chaud d'une activité sans emploi, contient des germes de passion qui iront éclore dans les cœurs, des conceptions sentimentales qui exerceront sur les cerveaux une influence prépondérante et les précipiteront hors du réel. Quels hommes succèderont à ceux qui composaient ces deux générations de fougue tumultueuse ? Quels hommes remplaceront ces outranciers de l'action et de la pensée ? Les habitants des côtes de l'Océan ont observé que dans les tempêtes les flots se ruent à l'assaut des falaises et se brisent contre les récifs avec une violence inégale régie par une périodicité presque mathématique : de trois en trois lames seulement, une vague formidable surgit, gonfle un dos monstrueux et heurte avec une vigueur et un fracas inouïs les rochers ou les digues ; celle qui suit subit le choc de retour de la première, fait effort pour la surmonter et se précipite d'un élan amoindri mais redoutable encore contre la côte ennemie ; puis, comme si la mer lassée était sans force pour une nouvelle attaque, une troisième vague se forme avec hésitation, s'arrondit mollement, s'avance indécise vers le rivage et finit par être entraînée dans le remous des deux autres. — Cette génération d'hommes que Flaubert va dépeindre ressemble à ce troisième flot ; la prodigieuse consommation de sève humaine faite par la Révolution et par les guerres de l'Empire ne leur a plus laissé en partage que des tempéraments usés, débilités par les fatigues excessives de leurs ancêtres ; déjà leur sang appauvri, allégé, les prédispose à être le jouet des hallucinations et des images, et devant ces êtres déséquilibrés, aux nerfs trop sensibles, se dressent dans un crépuscule fantastique les grands fantômes de la Révolution et de l'épopée impériale, dans une lumineuse auréole, comme des modèles à imiter, les figures divinisées, les types plus grands que nature de la littérature romantique. Comment résisteraient-ils à la fascination de ces images ? Comment trouveraient-ils dans leurs instincts affaiblis des mobiles assez puissants pour s'opposer à cette force qui les arrache à eux-mêmes ? Flaubert raconte qu'il a lui-même subi cette double influence suggestive de l'histoire encore mal refroidie et du romantisme expirant ; lui aussi a été fasciné par ces déclamations passionnées, par ces héroïques inventions de la littérature ; mais la rectitude de son jugement, de son esprit critique, la vigueur de son tempérament moitié champenois, moitié normand, *ces semelles de plomb* qui le collaient sur la terre ne lui permettent pas de se soustraire à la réalité de sa nature et de prendre Gustave Flaubert pour un premier sujet de drame ou de roman. Il a bientôt démêlé ce qu'il y a de vraiment intéressant dans le romantisme, la beauté de la forme, et son admiration ainsi circonscrite ne l'égare pas à la poursuite d'un idéal chimérique. De bonne heure, il a exercé sur lui-même ses facultés d'observation si aiguës et si sûres ; il a discerné quelle est sa véritable vocation ; il a découvert qu'il est destiné à vivre avec les idées et avec les mots et qu'il doit renoncer à la vie active pour se consacrer à la représentation de la vie. A vingt-cinq ans, il écrit à son ami Le Poittevin : « Enfin, je crois avoir compris une chose, une grande chose, c'est que le bonheur pour les gens de notre race est dans l'idée et pas ailleurs. » Mais de cette maladie qu'il a cotoyée, dont il a observé les symptômes dans sa propre intelligence, il conserve le don de voir les traces d'un mal pareil dans l'âme de ses contemporains ; il sait sur quel point précis du cerveau

3

il faut appuyer pour faire jouer le ressort qui livrera le secret
intérieur, son regard pèse sûrement sur cet endroit caché pour
d'autres yeux, démonte l'âme humaine en ses éléments essentiels et montre à nu le vice intime qui compromet le bon fonc-
tionnement de l'organisme, la source frelatée à laquelle sont
puisés les mobiles des actions, la niaiserie des sentiments, la
bêtise des paroles, tout ce mensonge enfin d'un être qui n'est
pas en harmonie avec lui-même. Et toujours ce mensonge
dévoilé a pour cause originelle une défaillance du tempérament
ou de l'intelligence, toujours apparaît rompu le rapport normal
entre les facultés instinctives de l'homme et ses facultés d'éducation : assujettis à la prédominance de ces dernières, tous les
personnages de Flaubert ressemblent à des êtres inconsistants
et trop légers que le poids de leur corps ne retient pas à terre ;
l'ouragan des images les déracine du terrain de la vie réelle ; ils
n'ont point de consistance personnelle pour faire contrepoids à
la traction qui les sollicite, et cette traction qui, pour des êtres
mieux constitués, serait un secours atténuant l'effort de la
marche, les arrache à eux-mêmes, à leurs véritables inclinations, à leurs réels désirs.

Mais la vision de l'écrivain ne s'arrête pas aux manifestations
accidentelles qui, de son temps, ont rendu plus saillante
cette maladie de la personnalité. Toujours semblable à elle-
même, et composée d'invariables éléments, l'humanité se présente sous des apparences diverses selon que le moment particulier de son histoire soulève à sa surface l'un ou l'autre de
ses principes essentiels maintenu jusque-là dans l'ombre par
une orientation différente. Flaubert, sous la tendance morbide
propre aux vingt-cinq années sur lesquelles a porté son observation, discerne avec une clarté parfaite un de ces principes
essentiels ; il perçoit cet acte élémentaire dont M. Bergerat,
dans une de ses humoristiques boutades qui ne sont des para-
doxes que par l'outrance voulue de l'expression, a donné la
précise formule ; faisant à l'homme son procès, et voulant l'hu-
milier devant le pur animal, il a dit de lui qu'il est « doué pour
tout privilège de la faculté de se concevoir autrement qu'il
n'est ». N'est-ce pas cette faculté qui permettra à Mme Bovary,
à Frédéric Moreau, épris d'admiration pour l'idéal romantique
de se croire les représentants de cet idéal, à M. Homais, ébloui

par les mirages entrevus de la science, de se croire un savant
et d'être un sot ?

Si guidé par cette observation on considère la vie réelle, n'y
voit-on pas la plupart des hommes obstinément occupés à accomplir cet acte élémentaire, à se dédoubler au moyen de cette
bizarre faculté ? Combien sont rares les êtres simples, en harmonie avec eux-mêmes, combien fréquents ceux qui, à leur
« moi » véritable ajoutent ou substituent un personnage de leur
imagination et puisent hors d'eux-mêmes les mobiles de leurs
actes, les causes mêmes de leurs inclinations et de leurs sentiments ! Presque tout homme interrogé sur ses goûts et sur
ses désirs répondra par les goûts et par les désirs qu'il voudrait avoir et qu'il croit avoir, non par ceux qu'il a en réalité,
que souvent il subit en les ignorant, et qu'il méprise peut-être
chez les autres. Il se conçoit tel qu'il voudrait être, et non tel
qu'il est. Presque tous les sédentaires nourrissent une chimérique passion des voyages ; ils se croient doués de l'intrépidité
qui surmonte les obstacles et les aventures d'une vie hasar-
deuse ; seules les circonstances sont coupables qui les ont en-
fermés dans le périmètre d'une seule ville, qui ont limité leur
course aux allées et venues journalières du fauteuil de leur
foyer au fauteuil de leur bureau ; ils mourront dans cette illusion, si un hasard fortuit les mettant à même de réaliser leur
rêve, ne leur prouve que ce rêve est factice et n'est pas approprié à leurs moyens d'exécution, qu'ils ne sont point aptes à
jouir des plaisirs qu'ils entrevoyaient et qu'à l'user les joies
qu'ils s'étaient promises se transforment en peines. Car les
véritables vocations portent avec elles leur puissance de réalisation et chacun occupe presque toujours dans la vie la place
que lui assignent ses instincts et ses facultés véritables ; il est
rare qu'un commis principal de ministère soit l'avatar d'un
Livingston ou d'un Stanley. En proie à une analogue duperie,
les nomades qu'une vie vagabonde entraîne loin de leur patrie
vers les confins de l'univers, se croient nés pour les douceurs
de la vie familiale et aspirent à se créer dans la monotonie d'un
coin de province une comateuse et douce existence à laquelle
ne saurait s'accoutumer leur sang aventureux. Ancrée au cœur
de l'homme et infatigablement agissante, cette faculté de
s'ignorer soi-même et de se donner le change semble être l'iro-

nique contre-partie et le châtiment naturel de l'égoïsme primordial du « moi » : toujours se recherchant et aspirant à se
satisfaire uniquement, il ne parvient pas à se trouver et trompé
par un travestissement qu'il a lui-même imaginé, il s'exténue
à assouvir des passions et des désirs prêtés à un chimérique
fantôme.

Cette puissance élémentaire semble naître avec l'intelligence
même ; elle apparaît dès l'âge le plus tendre, c'est sur elle que
sont basés tous les jeux des enfants : il est facile et naturel à
ces petits êtres doués d'une personnalité rudimentaire de
s'ignorer eux-mêmes et de se prêter aux métamorphoses les
plus diverses : aussi dès qu'ils ont abandonné les pâtés de sable,
leur plus grand bonheur est-il de contrefaire les grandes personnes, les rôles qu'elles jouent dans la vie et d'être encore
tour à tour chien, mouton et tous les êtres de la création. « Si
tu veux, toi, tu serais un cheval et je serais le cocher. » — « Je
serais une grande dame et tu viendrais me faire une visite. »
Une transposition de personnes de ce genre est le prélude de
tous leurs divertissements, et le rôle une fois accepté, ils le
remplissent avec une telle conviction, que le cheval se met à
hennir, qu'il va parfois jusqu'à brouter l'herbe, et que les vi-
siteuses, sous prétexte de s'offrir du thé, avalent à petites gorgées
avec des minauderies sans fin, les infusions les plus étranges.
Par une évolution toute spontanée, ils réalisent sans effort cet
état des sujets magnétisés prenant pour d'enivrantes liqueurs
l'eau qu'on leur donne à boire et qui les grise.

Lorsque les années transformant l'enfant en homme, ne lui
ont pas fait une personnalité assez forte, ou n'ont pas développé son sens critique, il continue dans la vie ces jeux du
premier âge. Mais chez ces êtres plus complets, la faculté de
se concevoir autrement qu'ils ne sont se combine avec des
éléments de force inégale et de nature variée : des diverses pro-
portions de ce rapport, résultent des personnages très dif-
férents, inspirant pitié, haine ou mépris, relevant de la caricature et de la comédie, de la mascarade et de la bouffonnerie,
parfois aussi du drame et de la tragédie, énigmatiques et incom-
préhensibles par l'incohérence des mobiles, ou confinant à la
folie, cette porte de sortie de l'humanité.

Combien d'êtres dont le tempérament personnel est presque

nul, sur l'âme desquels le choc des événements ne rend aucun son! Dans chaque circonstance, quel sentiment éprouver, quelle conduite tenir, quelle parole prononcer, quel geste, quel mouvement exécuter ? Leur nature ne leur suggère rien et ils resteraient inertes dans la vie, si la vue de l'action d'autrui ne leur indiquait qu'ils doivent se mouvoir, éprouver des émotions, avouer des goûts et des penchants, émettre des opinions ; à ceux-ci, semblables aux moutons du livre, l'exemple est un levier suffisant pour basculer leur frêle personnalité, pour les déterminer dans tous leurs actes ; les malheureux sont condamnés à l'imitation ; il faut bien pour vivre qu'ils se conçoivent autres qu'ils ne sont, qu'ils se composent une âme d'emprunt, qu'ils aient recours à toutes les formules que la société a fabriquées et placées bien en évidence à côté de chaque situation de la vie. En raison de leur peu d'énergie, ils n'impriment au masque qu'ils se sont ajusté qu'un très faible relief, leur action reste insignifiante et sans portée, et l'évolution intime qu'ils accomplissent se confond avec l'attitude qui résulte de la raideur du faux-col et de la coupe irréprochable de l'habit. Ils ne conservent, il est vrai, le bénéfice de leur métamorphose que sous la condition de demeurer cois dans un prudent effacement et de ne pas sortir d'une pénombre protectrice ; mais pour peu qu'ils se conforment à ce programme d'abstention, ils ne retirent pour eux-mêmes que de bienfaisants effets de ce déguisement dont on trouve des exemples dans la nature : certains insectes mal pourvus d'armes de défense dans la lutte pour la vie ne doivent de subsister qu'à la faculté de copier les apparences d'espèces plus robustes ; ils vivent ainsi leur vie d'insectes sous le couvert de cette forme étrangère qui donne le change à leurs ennemis et les protège contre de redoutables attaques.

Cette absence de tout tempérament personnel est assez fréquente dans l'humanité pour justifier l'existence de la faculté départie à l'homme de se concevoir autrement qu'il n'est ; c'est grâce à ce pouvoir que toute une multitude inerte aimante son âme à l'énergie d'un seul et puise à cette source la cause de mouvement qui lui manque. Mais étant un rouage foncier du cœur humain, cette faculté survit à sa nécessité et il arrive qu'elle s'associe à des tendances réelles très violentes ; le principe qui dans chaque homme crée la force de ses inclinations, communique une force égale à ses facultés d'évolution, de sorte que s'il manque de sens critique, s'il ignore cette science si rare du « γνῶθι σεαυτόν » préconisée par Socrate, l'abîme entre l'être réel et l'être imaginaire s'approfondit à mesure que croît la vigueur du tempérament individuel. Il en résulte un conflit dont la violence et les effets funestes sont en raison de la puissance des combattants. Ce conflit, lorsqu'il porte seulement sur des mobiles secondaires, sur des goûts inoffensifs de l'âme humaine engendre un irrésistible comique ; il a été sous cette forme largement exploité par la caricature. Faut-il signaler la passion des exercices de sport se développant chez tels individus auxquels leur profession et leurs aptitudes semblaient interdire ces divertissements, passion qui a rarement pour cause un penchant véritable, mais plutôt un principe d'imitation et la croyance qu'il est facile de réaliser en soi un talent admiré chez autrui ? Le désaccord entre le modèle type que ces amateurs instinctifs de parodie croient avoir atteint et le personnage qu'ils représentent en réalité, se traduit par une série de mouvements, de gestes et d'attitudes dont le dessin enferme et conserve dans ses lignes la bouffonnerie et la vertu hilarante. Faut-il rappeler les phénomènes du même genre produits par la fascination de l'uniforme ? Qui ne connaît nombre de cas semblables à celui de **M. X** ? Sous-chef de bureau à la Société Bordelaise, **M. X.** a pendant la dernière guerre porté les galons de lieutenant dans un corps de mobilisés constitué peu de jours avant l'armistice ; son régiment n'a jamais quitté la place de la Mairie d'une lointaine sous-préfecture et n'a pu joindre l'ennemi ; la paix signée, **M. X.** ne s'est pas consolé de la perte des insignes de son grade ; il vit depuis cette époque sur ses souvenirs, il fait des récits de la campagne, ne rêve que discipline et manœuvres ; sa moustache raidie par la pommade s'effile en deux pointes menaçantes ; il a le geste bref, la voix impérative, l'œil dur ; il rougit de plaisir quand un flatteur l'appelle « mon capitaine ». A force de zèle, d'intrigues et de bottes vernies, il vient d'être nommé commandant dans la réserve de l'armée territoriale et dans cinquante ans ses petits-fils découvriront parmi les portraits d'ancêtres, celui d'un guerrier à l'aspect terrible, revêtu d'un uniforme éclatant.

M. X. aura pris soin lui-même de faire exécuter sa caricature. Mais cette monomanie, inoffensive et comique pendant les périodes pacifiques, entraîne, lorsque les circonstances se dramatisent, de périlleux effets ; survienne l'éventualité d'une guerre nouvelle, aucune considération n'empêchera M. X. de remplir un commandement auquel lui donne droit l'or de ses galons ; l'opinion qu'il a de lui-même, sa foi illusoire en sa science militaire ne lui permettent pas de décliner une responsabilité et cette présomptueuse assurance se traduira par des morts d'hommes et par des désastres. Car tout mensonge est gros de conséquences funestes, et la fausse conception qu'a l'homme de son intelligence ou de sa sensibilité est toujours le germe latent de quelque catastrophe. Si cette fausse conception de soi-même précipite Mme Bovary en d'adultères joies qui ne combleront pas le désir de son être halluciné, n'est-il pas équitable d'assigner une analogue origine à telles vengeances maritales causées, semble-t-il, par l'évolution d'une nature médiocre, substituant aux mobiles qui la gouvernent réellement des mobiles de violence puisés dans l'exemple, dans la littérature, dans le « Tue-la » mal interprété de M. Dumas fils ? Naturellement inclinés à l'indulgence, aux compromis de l'indifférence, certains esprits mal équilibrés croient se devoir à eux-mêmes de faire œuvre de justiciers et de donner aux voisins la représentation d'un drame. Tel autre se vengeant par vanité, se donne à soi-même le transparent de l'amour et de la jalousie ; car une fois posés les termes du mensonge qui va régir l'être intime, toute une génération de mensonges secondaires sort naturellement de celui-ci. Pour soutenir jusqu'au bout la fausse conception qu'il a de lui-même, l'homme est contraint de falsifier autour de lui les idées qu'il a des choses, des êtres et de toutes les réalités quelconques qui opposent un démenti perpétuel à son faux personnage ; cet être imaginaire ne peut vivre et respirer que dans une atmosphère factice, spécialement préparée pour son usage ; de sorte qu'après s'être conçu autrement qu'il n'est, il en arrive à concevoir effectivement autres qu'ils ne sont les mobiles de ses actes, les mobiles des actes étrangers, le monde extérieur, les mots et les choses. Il a trop l'amour de soi pour ne pas s'estimer généreux, désintéressé, brave, compatissant, sensible, intelligent, savant ; cela n'empêche qu'il ne soit avare, intéressé, pusillanime et dur, ignorant et borné. En proie à cette contradiction, parfois il obéit à la nature qu'il se suppose, par ostentation et pour satisfaire son besoin de s'admirer lui-même ; mais souvent ses véritables instincts reprennent leurs droits ; alors pour conserver de lui-même la bonne opinion qu'il en a, il déguise à sa propre vue les motifs de ses actes : l'avare qui refuse l'aumône à la main tendue vers lui, persiste à se croire généreux, mais il ne veut pas encourager le vice et l'ivrognerie ; l'ignorant acculé à l'énonciation d'un fait précis conserve l'opinion qu'il a de sa science par le mépris affecté pour ce qu'il ignore, ou par des mots sonores et dénués de sens qui tiennent lieu d'explications à son auditoire béant ; l'imbécile sauve son intelligence derrière le refuge d'une paresse de bon ton. Ainsi ce mensonge originel va se propageant, jetant sa perturbation dans tout ce qui l'avoisine et modifiant les notions de toutes choses. Depuis que le goût de l'art et, en particulier de la peinture, a envahi la démocratie moderne, combien peu de citoyens, si étrangers soient-ils à la peinture par leurs occupations ou par la tournure de leur esprit s'avouent à eux-mêmes ne pas l'aimer ? Ils veulent aimer un art qu'il paraît louable d'aimer. Ils vont grossir la foule qui tous les ans s'entasse dans les expositions de tableaux et dont une bien minime fraction est apte à jouir de l'art pour lui-même. Pour être au niveau du goût du jour, ils altèrent sans façon le sens des mots, la notion même de la chose et font consister la peinture dans le choix des sujets, dans la drôlerie des épisodes, dans la sensibilité que révèlent les expressions, dans la beauté des modèles. Et s'il faut être demain musicien, ou charitable, ou patriote, ils sauront bien aussi remanier les notions de musique, de charité ou de patriotisme jusqu'à ce qu'elles s'adaptent à la forme de leurs facultés.

C'est ce mensonge et ses conséquences que la vision de Flaubert découvre infailliblement dans les consciences. Il le voit germer dans les cœurs, éclater dans les sentiments et dans les actes, s'étaler dans les idées, et en proie à cette obsession qui en grave dans son âme des empreintes ineffaçables, il le reproduit dans son œuvre sous ses manifestations les plus diverses. Avec Mme Bovary, avec Frédéric Moreau, le mensonge revêt la forme sentimentale en ce sens que ces deux person-

nages se conçoivent autrement qu'ils ne sont quant au mode et
à la nature de leur sensibilité. M. Homais le fait reluire sous
sa forme intellectuelle et divulgue la conception de la bêtise
humaine propre à Flaubert, de cette bêtise spéciale qui s'épanouit dans les dialogues et discussions intervenus entre tous
les personnages secondaires de *M*^me *Bovary*, de l'*Éducation
sentimentale*, de *Bouvard et Pécuchet*, et qui toujours provient
d'un mélange d'ignorance et de duplicité, du mensonge que se
font à eux-mêmes ces personnages puisant les motifs de leurs
opinions non dans les faits réels de nature à les justifier, mais
dans des mobiles d'enthousiasme irréfléchi ou d'intérêt personnel, dans la caste à laquelle ils appartiennent, dans la profession qu'ils exercent. Chacun d'eux présente sous quelque
aspect nouveau le mensonge qui les gouverne tous ; la faculté
de se concevoir autrement qu'ils ne sont laisse intact dans leurs
âmes le jeu de tous les autres mobiles, intérêt, vanité, orgueil,
avarice, générosité native, amour désintéressé du beau, de
sorte que ce mobile particulier les différencie les uns des autres
et selon sa valeur, permet encore de les classer d'après les lois
de la critique populaire en personnages sympathiques et anti-
pathiques. Mais quel que soit le principe noble ou bassement
intéressé de l'acte à accomplir, la faculté transformatrice est
toujours intervenue en eux, entachant de niaiserie les enthousiasmes, palliant les lâchetés et les cupidités par une sorte
d'inconsciente hypocrisie. Enfin, avec *Bouvard et Pécuchet*, à
côté des conséquences purement plaisantes de ce mensonge
involontaire qui incite les deux compères à des recherches et à
des études auxquelles ils sont particulièrement inaptes, Flaubert a mis en lumière une face nouvelle de cette idée qui déjà
se dégage si puissamment de la *Tentation de saint Antoine*, la
vanité de l'effort humain, ce mal métaphysique et primordial
de l'humanité, fatalement vouée, semble-t-il, à la nécessité de
se concevoir autrement qu'elle n'est, poursuivant des buts
qu'elle ne peut atteindre, aspirant à des destinées qu'elle ne
peut réaliser. Ainsi rattachés à ce principe transcendant, les
mirages si divers qui dupent les individus et les arrachent à
eux-mêmes, n'apparaissent plus que comme une conséquence
fatale d'un universel ensorcellement, d'un maléfice jeté sur
l'espèce tout entière.

III

Si tous les personnages de Flaubert trahissent dans leurs
actions, dans leurs sentiments et dans leurs idées le principe
morbide qui les gouverne, il en est un plus typique qui
manifeste par une série de symptômes plus complets ce mal
singulier : c'est Mme Bovary. Pourvue d'un tempérament fortement accentué et d'une volonté agissante, elle crée en elle, en
contradiction avec son être réel, un être d'imagination, fait de
la substance de ses rêveries et de ses enthousiasmes égarés
dans un lyrisme frelaté. D'une entière bonne foi, elle s'incarne
en ce fantôme, lui prête des passions et des désirs et met à
son service pour les satisfaire toute la tension de ses nerfs,
toute l'énergie de son âme ; ses véritables instincts, toujours
prêts à surgir, protestent par leur violence, contre cette usur-
pation et tentent de reconquérir la place qu'on leur a prise ;
elle s'efforce d'étouffer leurs appels, et avec un incroyable
acharnement, s'obstine à détourner les yeux d'elle-même, à ne
se plus voir que sous les apparences de son rêve ; sa vie toute
entière est déchirée par cette lutte poignante, entre son moi
réel méconnu et le monstre chimérique qu'elle a installé dans
son cerveau ; ainsi tiraillée entre ces deux puissances égales,
abusée par le faux idéal qu'elle s'est formé d'elle-même, la
pauvre femme devient cet être hybride voué au mensongé
nécessaire et aboutissant au suicide, qui seul met fin à sa
terrible dualité. Par l'aveuglement obstiné avec lequel elle
accomplit son incessante évolution, par sa fin tragique, elle a
personnifié en elle cette maladie originelle de l'âme humaine à
laquelle son nom peut servir d'étiquette, si l'on entend par
« Bovarysme » la faculté départie à l'homme de se concevoir
autrement qu'il n'est, sans tenir compte des mobiles divers et
des circonstances extérieures qui déterminent chez chaque
individu cette intime transformation.

Lorsque l'on essaie d'analyser les éléments qui constituent
l'être réel dans Mme Bovary, les traits caractéristiques qui
s'offrent à l'esprit sont l'absence de sensibilité propre aux gens

de la campagne dont elle est issue, cette sécheresse de cœur qui, s'exerçant d'abord sur soi-même, ne permet guère de compâtir à la douleur des autres, de s'apitoyer sur leurs souffrances, enfin, cette complexion sensuelle, décrite dans la préface de *L'Ami des Femmes*, et dont elle offre quelques signes, les lèvres charnues, cette voix, qui au gré de ses impressions « claire, aiguë, ou se couvrant de langueur tout à coup, traînait des modulations qui finissaient presque en murmures » Toutefois, elle n'est pas le monstre physiologique signalé par M. Dumas, et cette propension aux joies de l'amour physique ne valait d'être notée que parce qu'elle dénonce la réalité matérielle du tempérament. A ces inclinations, il faut bien ajouter une imagination vive et une disposition native à se concevoir autrement qu'elle n'est, puisque cette nature robuste et saine de campagnarde sera amenée à ne se vouloir plus reconnaître qu'en une créature de tendresse et de sensibilité faite pour les idéales et poétiques amours. Les circonstances extérieures favoriseront, il est vrai, cette transformation, et pour rompre l'équilibre de l'organisme, pour abolir la réalité du tempérament, convergeront toutes dans un sens opposé au développement normal des facultés : elles viendront assaillir l'enfant à cet âge où les impressions exercent sur le cerveau encore débile et malléable une influence prépondérante, à cet âge où les inclinations encore faiblement accentuées, peuvent, comme les os trop délicats et trop tendres, subir des déviations irrémédiables ; et plus tard, pour refréner les velléités de retour des réels instincts, de nouveaux faits surgiront qui accroîtront encore les forces de l'être imaginaire. Mais ces impulsions du dehors ont trouvé en elle un milieu intérieur préparé pour les recevoir, une tendance originelle qui n'aspirait qu'à grandir, et qui parvenue à un certain degré de croissance, fera office elle-même de pourvoir à sa subsistance, de choisir parmi les événements extérieurs, ceux qui seront de nature à l'alimenter et à la fortifier ; lorsqu'ayant atteint son apogée, elle sera devenue un état d'âme permanent, elle se manifestera chez Mme Bovary, par une impuissance à percevoir les objets réels, à en retirer directement des idées et des sensations ; le monde extérieur physique ou moral, n'arrivera jusqu'à elle que déformé par l'imagination, préparé pour sa

consommation personnelle, au moyen d'une sophistication ;
toutes les réalités lui apparaîtront ternes et ennuyeuses, et si
parfois elle semblera y prendre intérêt, c'est que par un effort
constant de son imagination, elle les aura transposées, et en
aura retiré, non les plaisirs qu'elles comportent, mais les jouissances fictives qu'elle y aura attachées. On a dit d'elle qu'elle
présentait tous les symptômes d'une hystérique ; cette qualifica-
tion ne saurait être admise que sous le bénéfice d'une res-
triction ; l'héroïne de Flaubert n'est pas en proie à des crises
physiques, à des hallucinations caractérisées et ne peut être
considérée comme une malade dans le sens physiologique du
mot ; la tendance spéciale qui la domine, se traduit par des
états cérébraux et par des phénomènes moraux qui relèvent
très nettement de la seule psychologie ; mais ainsi définie et
circonscrite, cette tendance existe et si l'on admet que toute
disposition morale a pour principe un état de tempérament dont
l'exagération serait une maladie physique, on ne s'étonne plus
de rencontrer des analogies entre les actes volontaires de
Mme Bovary et les actes inconscients des hystériques. On sait
que sous l'empire des crises qui les agitent, ces malades sont
les jouets d'hallucinations dont les objets imaginaires agissent
sur leur sensibilité avec une extraordinaire intensité ; lorsqu'on
leur présente alors l'objet réel dont l'image leur cause une
sensation de joie ou de douleur, il arrive parfois que sa présence effective, loin d'aviver la sensation la détruit et met fin à
la crise ; les nerfs employés au service des images, se sont en
quelque sorte révulsés et n'acceptent que les suggestions
venues du dedans, créées par eux-mêmes ; les perceptions et
les sensations produites par les objets extérieurs ou les bles-
sent ou les laissent insensibles. C'est en vertu du même principe que Mme Bovary néglige les données de son être réel,
méconnaît les sentiments qu'il éprouve et lui en prête d'autres
que les réalités n'ont pas le pouvoir de susciter en lui ; elle
hait ces réalités pour cette impuissance dont elle est seule
coupable, et ayant elle-même fabriqué ses sentiments, s'efforce
de façonner un monde à leur convenance, hors de la vie ; elle
respire alors en pleine fiction ; mais plus tard, lorsque son tempérament trop longtemps raillé est las d'être berné par un fantôme, comme il arrive dans sa liaison avec Rodolphe, elle en

vient à déformer hypocritement les réalités qui s'imposent à elle et pour mettre d'accord les revendications de ses sens avec le rêve d'amour poétique qu'elle a formé, pour donner la réplique à l'être de fantaisie qu'elle nourrit de toute la force de ses nerfs et de son sang, elle crée chez son amant et à côté de lui un personnage fictif, dont celui-ci, en séducteur indifférent sur les moyens, consent à tenir le rôle, de sorte qu'après avoir travesti son être intime et ses sentiments, elle grime et travestit les objets extérieurs et les sentiments étrangers, afin d'en pouvoir retirer une jouissance; elle est semblable aux enfants qui, au lieu de contempler le ciel pour la beauté réelle et la richesse de ses teintes, cherchent à retrouver dans la forme des nuages des configurations d'animaux et de continents et à force de tension d'esprit, parviennent à distinguer nettement des troupeaux de moutons faits de nuées amoncelées et mille bêtes étranges, monstres créés par leur cervelle en travail.

L'éducation de la paysanne au couvent des Ursulines de Rouen, parmi des jeunes filles appelées par la naissance ou la fortune aux élégances d'une vie aristocratique, est la première et la plus importante des circonstances extérieures qui favorisent l'éclosion de sa tendance à transposer sa personnalité; la disproportion entre cette éducation qu'elle reçoit, entre la destination qu'elle suppose et la destinée qui lui est réservée, est bien de nature à déséquilibrer son âme ; n'est-elle pas en droit d'oublier qu'elle est une paysanne lorsqu'on lui enseigne tout ce qui est de nature à faire briller la femme dans le décor d'un salon ? Puis, à cet âge où les sens de la jeune fille se forment et dans l'ignorance de leur désir s'attachent à des objets chimériques, l'atmosphère de mysticisme qui l'environne, déjà l'abuse sur les véritables buts de ses aspirations et dérive vers d'extatiques ferveurs les troubles de la puberté. « Les comparaisons de fiancé, d'amant céleste et de mariage éternel qui reviennent dans les sermons lui soulevaient au fond de l'âme des douceurs inattendues ». Enfin à travers les grilles du couvent, l'influence romantique pénètre jusqu'à elle et accroît cette avidité d'émotions à laquelle la prédispose sa nature. Au réfectoire on lit des passages du *Génie du christianisme*, et une vieille demoiselle protégée par l'archevêché, qui tous les mois vient travailler à la lingerie, prête aux grandes, en cachette, des romans tout remplis d'invraisemblables amours, d'aventures exorbitantes dans des pays de féerie. Emma, après s'être repue de cette littérature de pacotille, lit Walter Scott et s'éprend du moyen âge, rêve bahuts, salles des gardes et ménestrels. Sous l'influence de ces lectures, un idéal se forme en elle, de l'amour qu'elle ne connaît pas, de la nature qu'elle n'a vue jusqu'alors qu'avec des yeux indifférents de campagnarde, de la piété filiale, de la douleur et de tous les sentiments en général dont l'intensité lui apparaît comme une beauté morale, comme la marque d'une parfaite noblesse d'âme, d'une nature hors du commun : ignorant que les émotions sont spontanées et ne s'acquièrent pas au prix d'un effort, elle voudra réaliser en elle dans des formes entrevues cet idéal qui l'a fascinée. Incitée par un mobile d'admiration, elle incarne en elle les héroïnes de ses romans, contracte l'habitude d'ouvrir son âme aux êtres imaginaires, la prête à chacun d'eux tour à tour, y essaie les sentiments de ses personnages fictifs ; les attitudes de son corps, ses gestes et les expressions de sa physionomie se modèlent sur les dispositions de l'être chimérique qui l'habite ; cette reproduction extérieure ajoute à la force de l'illusion et bientôt elle ne sait plus distinguer de son propre moi le fantoche auquel elle s'est livrée ; ses nerfs accoutumés à simuler les impressions de ce fantoche, à ne vibrer que sous l'empire du rêve intérieur, ne lui apporteront du dehors et des objets réels que de confuses perceptions, et le contact des réalités, la rencontre des sentiments véritables n'auront pas assez de puissance pour la désabuser.

A l'occasion de la mort de sa mère, elle essaie dans son cœur le sentiment de la douleur ; elle écrit à son père des lettres si désolées que celui-ci la croit malade et vient la voir ; elle est « intérieurement satisfaite de se sentir arrivée du premier coup à ce rare idéal des existences pâles où ne parviennent jamais les cœurs médiocres ». Elle crée en elle une atmosphère de tristesse et de désolation, puis, dit Flaubert, « elle s'en ennuya, n'en voulut pas convenir, continua par habitude, ensuite par vanité et fut enfin surprise de se sentir apaisée sans plus de tristesse au cœur que de rides sur son front. » Elle échappe de même à la fausse vocation religieuse dont elle s'est un instant donné la représentation à la faveur de sa tristesse, attirée d'ailleurs par les matérialités du culte, le parfum des fleurs et de l'encens, l'appareil des cérémonies, les paroles enflammées des cantiques. Son tempérament est trop robuste pour abdiquer au premier choc des images, et les sollicitations d'ordre purement mystique sont trop en désaccord avec sa réelle nature pour qu'elle ne soit tôt avertie par un ennui profond de la farce qu'elle se joue. Aussi ne sera-t-elle complètement dupée que par un sentiment dont l'illusion offrira du moins quelques points communs avec ses réels instincts. Ce sentiment est l'amour. Elle s'est conçue faite pour l'éprouver dans toute sa splendeur et l'attend, l'appelle avec impatience. Lorsqu'elle épouse Charles Bovary, elle compare à ce qu'elle ressent l'idée anticipée qu'elle s'est faite de la passion ; son idéal étant faux, en désaccord avec les modes de sa propre sensibilité, elle ne la reconnaît pas dans les manifestations de la lune de miel conjugale, et cet idéal constituant pour elle un absolu critérium, elle décide qu'elle n'aime pas. Perdue dans son rêve, hallucinée par son désir, elle n'entend pas le bruissement des sensations qui s'éveillant dans sa chair, pourraient toucher son cœur ; elle reste insensible à la tendresse vulgaire, mais profonde et passionnée qui s'épanouit silencieusement auprès d'elle. Elle tombe dans les profondeurs grises de l'ennui et semble se résigner à l'avortement de sa vie brisée, lorsqu'un nouvel épisode, le bal au château de la Vaubyessard rend des forces nouvelles à l'être imaginaire qui est en elle ; cette vision de la vie mondaine et des somptuosités de la richesse fulgurant à travers l'ombre de sa vie plate et monotone fait surgir la Chimère assoupie: semblable à ces mouches engourdies par les premières gelées qui se traînent en étirant leurs ailes sous un rayon plus chaud du soleil de midi, tout ce monde de féerie qui sommeillait au fond de son cœur, endormi par le froid de l'existence provinciale, par la continuité des jours invariablement ternes, s'éveille dans l'atmosphère de la fête surchauffée et fait si bien invasion dans son âme que toute mémoire de sa vie passée s'évanouit et que le personnage de grande dame qu'elle joue quelques heures, efface le souvenir de la paysanne « écrémant avec son doigt les terrines de lait dans la laiterie », étouffe à jamais l'être réel de la petite bour-

geoise, femme de l'officier de santé qui demain va retomber
dans la vulgarité de son ménage. Elle se conçoit désormais
hors de toute réalité ; seuls les sentiments et les plaisirs qui ne
sont pas à sa portée et qu'elle peut déformer par l'imagination
lui procurent des émotions ; elle achète un plan de Paris,
s'abonne à des journaux de modes, s'intéresse aux premières
représentations, aux courses, aux réceptions, sait les jours de
Bois et d'Opéra. Elle lit les romans d'Eugène Sue, ceux de
Balzac et de George Sand « y cherchant des assouvissements
imaginaires pour ses convoitises personnelles ». La tendance
hystérique qui la gouverne a pris un tel empire sur elle que
toute condition d'existence, quelle qu'elle soit, par le seul fait
qu'elle est une réalité, suscite en elle une conception contra-
dictoire. Qu'on la suppose à cette époque de sa vie transportée
dans le milieu qu'elle a rêvé, grande dame à Paris, riche et
blasonnée, elle ne verra dans les réalités voisines, dans ses habitudes de luxe et d'élégance devenues de quotidiennes et monotones corvées, que des sujets de tristesse et d'ennui ; elle esti-
mera que les sensualités du luxe sont incompatibles avec les
joies du cœur, que la distinction raffinée du bon ton dissimule
la sécheresse des sentiments et la brutalité des actes ; et elle
rêvera des amours pauvres faites de sacrifice et de dévouement ;
elle rêvera peut-être d'une modeste bourgeoise, épouse d'un
petit médecin obscur, au fond d'une province, trouvant le bonheur dans l'épanchement d'une tendresse partagée, dans l'accomplissement, loin des mondaines futilités, de devoirs simples
et monotones. Car le mal auquel elle est en proie la contraint
de vivre dans un mensonge perpétuel vis-à-vis d'elle-même et
fait de l'irréel, du faux et du factice la loi nécessaire de ses
aspirations, de ses désirs et de ses goûts. Ses actes n'ont plus
aucun rapport avec la vie à laquelle elle participe ; ils ne tendent plus à la satisfaction d'un désir réalisable ; en apparence, ils ne répondent à rien ; de fait, ils ont pour but de
satisfaire l'être imaginaire qu'elle aime et qu'elle croit être :
tous ses actes, commencés dans la vie réelle, ont un achèvement
dans la fiction. C'est ainsi que la petite servante engagée par
elle est stylée comme une femme de chambre de grande maison.
Elle-même se vêt d'une façon bizarre et incommode, mais ce
costume traduit une certaine attitude romantique et moyen-

âgeuse qu'elle aime à voir représentée en elle. Elle achète un buvard, une papeterie, un porte-plume et des enveloppes, quoiqu'elle n'ait personne à qui écrire ; mais elle prépare tout dans sa vie en vue d'une réalisation subite de l'idéal qu'elle imagine, de l'intrigue qu'elle va lier, des lettres d'amour qu'elle écrira, des confidences tendres qu'elle échangera avec une amie ; et à posséder ainsi les accessoires et le décor de l'amour, il lui semble qu'il va naître de lui-même. Et comme ses véritables instincts ne la dirigent plus, elle jette aux pauvres, bien qu'elle ne soit pas tendre, toutes les pièces blanches de sa bourse. L'idée anticipée qu'elle s'est faite de tous les sentiments la rend inapte à les éprouver dans la vie dont la brutale réalité brise les contours de ses rêves. Elle renonce à aimer la musique et abandonne son piano parce que l'auditoire admiratif dans le cadre présumé lui fait défaut. Elle renonce au sentiment maternel parce qu'elle n'a pu « faire les dépenses qu'elle voulait, avoir un berceau en nacelle avec des rideaux de soie rose et des béguins brodés ».

Si elle aime Léon, c'est parce qu'atteint d'un mal semblable au sien, celui-ci entre dans la conception imaginaire qu'elle s'est formée de l'amour ; c'est sous ce déguisement qu'un sentiment vrai peut se glisser dans son âme ; c'est à la faveur de ce qu'il y a de factice et de faux dans l'amour du clerc que son oreille reconnaît l'air de la romance et qu'un peu de tendresse émeut son cœur. Que l'on se rappelle, lorsqu'arrivent à Yonville-l'Abbaye les époux Bovary, cette merveilleuse conversation de l'auberge du Lion-d'Or: tandis que Charles écoute le pharmacien étalant sa suffisance et sa puérile érudition en de longues phrases prétentieuses, Emma et Léon se perdent dans une causerie qui les ramène sans cesse à exprimer des goûts communs, des sentiments partagés ; ils aiment de la même façon tout ce qu'ils ne connaissent pas et l'imaginent de même ; ils disent d'une voix mélancolique toutes les niaiseries consacrées par une littérature de feuilleton sur la beauté de la nature, sur la poésie des soleils couchants, des montagnes, de la mer, sur l'Art, sur la vie, sur le monde, toutes les idées de convention, tous les lieux communs du sentiment par lesquels certains tempéraments, épris d'impressions qu'ils ne peuvent ressentir, remplacent de bonne foi la sécheresse de leurs sen-

sations et le néant de leur émotion personnelle, se persuadant
à bon compte qu'ils ont franchi les plus hautes cimes de l'idéal.
Ce point de vue semblable qui les unit et en fait parmi cette
population de villageois, des êtres d'exception, ne tarde pas à
se traduire par un amour réciproque ; chacun d'eux l'exprime
par les mêmes formes convenues de sorte qu'ils fabriquent
l'un pour l'autre des sentiments artificiels transformés par le
même apprêt et se correspondant admirablement.

Emma Bovary possède donc cette grande passion tant sou-
haitée. Va-t-elle s'y précipiter et se hâter d'en jouir ? Non, car
cette passion, commencée dans la fiction, a pu s'acclimater
dans la réalité, colorée des teintes du rêve en la personne de
Léon. En raison de l'hystérisme de sa nature, cette passion,
par cela même qu'elle est réelle, va donc susciter en elle un
obstacle imaginaire : étant amoureuse, elle se conçoit vertueuse
et attachée à ses devoirs, et, bien qu'elle ne ressente pas
d'amour pour son mari, bien que la religion ni la morale
n'aient d'empire sur son âme, elle comprend que l'immolation
d'une grande passion à un austère devoir comporte un nouveau
genre d'idéal et constitue un rôle à représenter ; elle se joue
donc résolument la comédie du sacrifice, et le même esprit
de mensonge qui a fait naître son amour élève une barrière
fictive que la timidité de Léon ne franchira pas. Et tel est, de
cette nature, le côté dramatique, cette lutte constante entre un
état d'âme imaginaire et un état de tempérament fortement
accusé ; tandis qu'en des êtres moins forts, la fiction s'oppose
à la fiction ou triomphe sans effort d'une personnalité sans
relief, les deux éléments qui se livrent bataille dans l'âme
d'Emma sont de puissance égale, et si jusqu'ici le monstre
chimérique enfanté par le rêve a dominé et étouffé le personnage réel, celui-ci dorénavant va prendre sa revanche et c'est à
son profit que va se jouer la comédie.

Après le départ de Léon, Emma se rend compte de l'illusion
dont elle a été victime et il ne lui reste qu'un immense regret
de n'avoir pas satisfait son amour. Aussi, lorsque Rodolphe
Boulanger évoque en elle l'image des félicités qu'elle vient
d'entrevoir, ne rencontre-t-il qu'une âme aspirant de toutes ses
forces à la passion, à la passion toutefois telle qu'elle l'entend,
car à la suite de ses sens débridés, elle traîne toujours son

ancienne conception d'amour idéal dont elle veut rencontrer chez son amant l'image équivalente. Rodolphe, qui remplit consciencieusement son rôle de séducteur, lui facilite l'illusion ; son expérience de praticien a classé les femmes en deux ou trois catégories et il a trouvé de suite le cliché qui convient à celle-ci. « De tempérament brutal et d'intelligence perspicace », ce qu'il veut est très simple ; il sait que le désir d'Emma ne diffère pas sensiblement du sien, mais qu'elle ne se l'avoue pas à elle-même et qu'il est nécessaire de la tromper pour l'amener à l'accomplissement de ce désir. Il dit donc ce qu'il doit dire et s'astreint à une pose sentimentale, à une phraséologie romantique qu'il sait indispensables. L'imagination de Mme Bovary n'en demande pas tant pour édifier son rêve : la dualité de son être trouve son compte à cette passion qui satisfait en même temps ses instincts de volupté, dissimulés sous l'idéalité convenue des sentiments, et les désirs de la chimère, puisque Rodolphe a endossé le costume du héros entrevu. Un instant les deux termes de sa nature paraissent s'être enfin conciliés ; le duel continue pourtant, cette apparente concordance repose sur un double mensonge, qui naïf et inconscient chez elle, mais volontaire et calculé chez son amant, doit fatalement aboutir à un heurt et se crever à l'angle aigu de quelque réalité impossible à contourner. Tandis que Rodolphe, en comédien supérieur, distingue parfaitement ce qu'il exprime de ce qu'il éprouve et circonscrit l'étendue de sa passion dans les limites de la possession physique, Emma s'imagine éprouver et inspirer l'amour absolu raconté dans les livres ; elle joint à sa réelle passion tout un cortège de mièvreries sentimentales, un élément faux, étranger à elle-même, mais formant partie essentielle de l'idéal qu'elle applique. Rodolphe, qui s'est astreint pour la séduire à jouer le personnage romantique que l'on sait, a continué de lui donner la réplique par habitude prise, en raison de cette difficulté qu'il y a à changer des rapports établis, et de cet enchaînement logique des situations qui une fois posées entraînent et déterminent les paroles et les manières d'être ; et puis ce rôle à tenir convient à son indolence, dissimule la pauvreté de ses sentiments et lui fournit tout ce remplissage de l'amour dont il se soucie peu de faire lui-même les frais. Mais lorsque Emma poursuivant le dévelop-

pement logique de son idéal de passion absolue lui demande
de l'enlever, la gravité de l'acte à accomplir le ramène brusquement à la réalité de la situation, il dépouille un rôle qui comporte d'aussi scabreuses conséquences et rentre prestement
dans la coulisse, laissant sa maîtresse terminer seule cette pièce,
qui prend des allures de drame. Emma reçoit un choc terrible
de cette rupture qui brise en même temps son cœur et ruine
définitivement son idéal ; elle est près d'en mourir, mais il
semble que la malheureuse, dans son continuel effort pour
devancer les émotions, pour diriger sa spontanéité, se soit
soustraite aux causes naturelles de plaisir et de souffrance, aux
lois normales de la vie ; il faudra que par un acte de sa volonté
elle évoque la mort comme elle a naguère évoqué la douleur,
l'amour et tous les sentiments. La violence de la crise qu'elle
vient de subir a développé son sens critique et lui a fait comprendre la nature chimérique de l'idéal qu'elle a poursuivi.
Mais déjà le mal n'est plus guérissable et bien qu'elle connaisse
à présent « la petitesse des passions que l'art exagère », malgré
l'illusion perdue, le besoin persiste d'éprouver des émotions,
et puisque la réalité ne les suscite pas, de falsifier sciemment
cette réalité et de s'éprendre de la fable inventée par elle-même.
Elle est devenue semblable au joueur invétéré qui, dominé par
un irrésistible penchant, joue encore lorsqu'il sait qu'on le
vole et que les cartes sont biseautées. Elle provoque sa nouvelle passion pour Léon comme une hallucinée consciente qui
déterminerait elle-même ses propres hallucinations ; elle tente
de lui appliquer comme un masque sa conception d'amour
romanesque ; de toute la force de ses nerfs, elle fait appel au
mirage bienfaisant, essaie de se persuader qu'elle aime ; elle
s'est résignée comme à un opium à cette fiction nécessaire, et
après avoir découvert que Léon est « incapable d'héroïsme,
faible, banal, plus mou qu'une femme, avare d'ailleurs et pusillanime », elle s'efforce encore, dès qu'il est loin d'elle, de
l'imaginer autre et de galvaniser sa passion ; elle lui écrit,
« mais en écrivant elle percevait un autre homme, un fantôme
fait de ses plus ardents souvenirs, de ses lectures les plus
belles, de ses convoitises les plus fortes » ; elle sait que ce fantôme n'existe pas et qu'elle n'en peut prêter la forme à aucun
être vivant. Elle sait aussi qu'elle-même n'est pas la grande

amoureuse, qu'elle a rêvé, qu'elle a tenté d'être ; devant ses yeux clairvoyants gît, lamentable, la dépouille du monstre dérisoire qui si longtemps la fascina. Mais elle est trop tard désabusée : le moi qu'elle a réellement sacrifié naguère à la chimère s'est atrophié, est devenu inapte à ressentir quelque joie à vivre ; la lutte entre les deux puissances qui se disputaient son âme n'a pris fin que par l'anéantissement de l'une et de l'autre, et aussi impuissante à susciter la fiction que ne féconde plus l'illusion morte qu'à étreindre la vie réelle de l'effort débile de ses désirs surmenés, elle expie par le suicide cette faute innocente et fatale de s'être conçue autre qu'elle n'était, d'avoir méconnu, sous des influences d'éducation, et en vertu d'une loi funeste de son tempérament, son être véritable.

Si à l'antique lutte entre le devoir et la passion, lutte qui remplit le drame Cornélien, on compare ce conflit dans une âme entre l'imaginaire et le réel, ce dernier point de vue n'apparaît-il pas comme un antagonisme plus simple, plus élémentaire, et partant, plus indestructible, plus constant et plus profond des facultés de l'âme humaine ? Cette psychologie toute positive n'est-elle point de mise à une époque où sont douteuses et vacillantes les notions de responsabilité morale, où l'esprit philosophique cherche avec inquiétude un principe sur lequel puissent être solidement assises quelques règles immuables du bien et du mal. Il n'importe plus de savoir si Chimène ou si Camille résisteront aux entraînements de leur amour au profit d'un devoir rigoureux, mais si Mme Bovary s'appartiendra à elle-même, si ses propres sentiments seront assez forts pour résister à l'invasion de sentiments étrangers, si elle sera en harmonie ou en contradiction avec elle-même, si le choc des événements sur son âme la fera vibrer d'un accord parfait ou d'une dissonance. Ce simple fait tout positif aura de prodigieuses conséquences, car aucun corps n'échappe définitivement et sans souffrance à la loi qui le régit, de sorte qu'une morale nouvelle, fondée sur la simple notion de vérité, s'élève inexorable de la constatation de cet intime antagonisme. « Toute fiction s'expie, a dit Amiel, car la vérité se venge ! » Cet axiome formidable se dresse entre toutes les pages de l'œuvre de Flaubert, et le mensonge dont tous ses personnages sont des victimes plus ou moins inconscientes est toujours expié par la souffrance, par la ruine, par le suicide, par le mépris, par le ridicule, ou comme dans l'antique morale des tragiques grecs qui ne frappait pas toujours les coupables, par le malheur d'autrui. Cette vengeance de la réalité, Mme Bovary la voit surgir sur son seuil au retour du bal masqué à Rouen, sous la forme d'un jugement de saisie, et la petite bourgeoise qui, pour satisfaire les fantaisies de la grande dame amoureuse trônant dans son cerveau, a souscrit des billets en imitant la signature de son mari, paie de sa vie les conséquences de cette fiction.

C'est encore une fiction semblable qui suscite dans l'épisode du pied-bot cette autre vengeance de la vérité bravée par un double mensonge. Car dans cette œuvre admirablement composée, le mal psychologique de l'héroïne commande toute l'ordonnance du livre, réagit sur les phénomènes extérieurs et faisant une sélection, adoptant ceux qui lui sont favorables, détermine aussi le contour des événements voisins. Si le garçon d'auberge Hippolyte a la jambe coupée, c'est parce qu'Emma s'est mis en tête d'aimer son mari et qu'elle a voulu s'en donner des raisons : telle qu'elle se conçoit elle ne peut aimer le vulgaire officier de santé qu'il a été jusqu'à ce jour ; elle l'imagine donc praticien célèbre, hardi novateur, dirigeant le mouvement médical de son temps : la sottise prétentieuse du pharmacien venant en aide à sa vanité sentimentale, tous deux décident de faire tenter l'opération de « l'intéressant stréphopode », et comme la sottise s'impose, Charles se laisse persuader par sa femme qu'il doit réussir, Hippolyte, endoctriné par Homais, consent à se faire opérer, et l'expérience aboutit à l'amputation pratiquée par le docteur Canivet.

IV

Cette vengeance de la réalité apparaît d'une façon manifeste dans la simple opposition des deux titres par lesquels Flaubert a voulu successivement désigner ce livre qui est devenu l'*Éducation sentimentale* et qui dut d'abord avoir pour nom *les Fruits secs,* ce livre si près de la vie qu'il s'en distingue à peine, tant le procédé artistique disparaît sous la vérité du rendu. La seconde et définitive dénomination du roman met en vedette la cause au lieu des effets du vice cérébral qui arrache à la vraie connaissance d'eux-mêmes les deux principaux personnages et les contraint de se concevoir autres qu'ils ne sont ; c'est parce qu'épris de l'idéal romantique ils se sont efforcés de le réaliser en eux, qu'ils ont méconnu ou tenu en mépris leurs sentiments vrais et leurs véritables aptitudes et sont devenus des Fruits secs tant au point de vue sentimental qu'au point de vue intellectuel.

Le cas de Frédéric Moreau est fort semblable à celui de Mme Bovary : comme elle sous l'influence suggestive du romantisme, il s'est attribué des goûts et des sentiments en désaccord avec la vocation propre de son tempérament, comme elle, il s'est forgé un idéal de l'amour qu'il ne pourra réaliser parce que cet idéal est faux peut-être, mais surtout parce qu'il est hors de la portée de ses sens, parce qu'il ne répond pas à de réels désirs. Plus encore qu'en Emma Bovary le principe de cette fiction se manifeste en Frédéric Moreau avec une flagrante évidence ; car si les conditions de milieu et de fortune sont toutes défavorables à la réalisation du personnage que celle-là a résolu de représenter, elles convergent au contraire pour faciliter à Frédéric l'accomplissement de son rêve ; comme il n'y peut parvenir, on ne saurait mettre en doute la profonde antinomie qui existe entre son être réel et l'imaginaire conception qu'il en a. Si le mensonge dont il se repaît n'entraîne pas pour lui les suites funestes qui font de Mme Bovary une puissante personnalité de drame, la médiocrité de sa nature fournit l'explication de ce sort inégal : celle-ci apporte dans la vie des forces vives et le fantôme qui usurpe le gouvernement de son être, s'il trouve pour le servir une volonté agissante, se heurte à des instincts vivaces, prompts à la révolte. Les choses vont autrement avec Frédéric Moreau : Sa volonté molle est impuissante à animer, à traduire par des actes importants la fausse conception qu'il a de lui-même ; sans force pour résister par la vigueur d'un tempérament personnel aux suggestions du rêve, il est sans force aussi pour réaliser ce rêve qui demeure en lui à l'état d'aspiration inassouvie, à l'état aussi de fascination, dont le seul effet funeste est de le rendre sourd à toute autre sollicitation, et de le détourner de sa voie irrémédiablement. Ainsi posé il ne relève ni du drame, ni de la comédie et c'est peut-être le plus haut titre de gloire du grand Flaubert que d'avoir su faire vivre et respirer dans l'atmosphère artistique un personnage si voisin de la vie qu'aucun relief tragique ou comique ne le souligne à l'esprit du lecteur, soulevant la terreur ou déchaînant le rire.

Dépourvu d'énergie, doué d'une sensibilité moyenne et d'un tempérament pondéré, d'intelligence ouverte, mais non artistique parce que ses sens manquent d'acuité et de délicatesse, Frédéric se conçoit destiné à ressentir les joies les plus intenses de la passion, à atteindre les plus hauts sommets de l'art ; il a les yeux rivés sur un idéal qui exige une ardeur de tendresse et de passion, une spontanéité d'impressions, et des qualités natives qui ne s'improvisent ni ne s'acquièrent, — et, l'éblouissement causé par ce mirage l'empêche de faire emploi de ses facultés réelles qui le destinaient aux incidents sociaux tels qu'une position officielle et le mariage. La lecture des poètes de 1830 a formé en lui de toutes pièces sa conception de l'amour. Incapable de goûter ce qu'il y a dans l'art de véritablement artistique, la beauté de la forme, il a apporté dans ses lectures des préoccupations passionnelles ; au lieu d'admirer dans Châteaubriand, dans Lamartine, dans Hugo, la richesse des images, la magie du style, la cadence des rhythmes, il a cherché dans leurs œuvres des sentiments à éprouver, des émotions à consommer ; de sorte qu'après avoir apporté dans les choses de l'art une âme avide de sensations, il apportera dans la vie des sensations et des sentiments frelatés, entachés de littérature. C'est en M⁰⁰ Arnoux qu'il incorpore son rêve poétique, il l'a déployé sur elle comme un Zaïmph mystérieux qui lui communiquera la vertu secrète d'inspirer l'amour ; elle devient l'objet de la sentimentalité développée en lui par la littérature et cette passion commence non parce qu'il aime en réalité, mais parce qu'il veut aimer : elle est le personnage indispensable auquel il rapporte ses rêveries, au moyen duquel il anime ses paysages ; elle tient le rôle principal dans la comédie de son cœur. Mais cette passion, née dans son imagination, ne satisfait que son imagination ; assez forte pour faire obstacle à tout autre amour, à toute expansion de jeunesse, elle

intervient toute puissante pour entraver ses plaisirs, paralyser
ses naissantes inclinations, briser ses habitudes : elle le rend
insensible à la tendresse de Louise Roques, met fin à sa liaison avec Rosanette et rompt son mariage avec Mme Dambreuse;
mais elle ne peut rien pour elle-même, elle ne porte pas en
elle cette puissance de réalisation par laquelle les désirs et les
besoins vrais suscitent un effort approprié au but à atteindre.
Après avoir posé en principe qu'il aime, il n'éprouve aucun des
effets ordinaires de l'amour. « Une chose l'étonnait, dit Flaubert, c'est qu'il n'était pas jaloux d'Arnoux. » Cet amour s'ac-
commode fort bien de l'absence, et lorsque son droit terminé,
il retourne à Nogent, il se croit d'abord malheureux et près
du désespoir; mais « à force d'avoir versé sa douleur dans
ses lettres, de l'avoir mêlée à ses lectures, promenée dans la
campagne et partout épandue, il l'avait presque tarie si bien
que Mme Arnoux était pour lui comme une morte dont il s'é-
tonnait de ne pas connaître le tombeau, tant cette affection
était devenue tranquille et résignée. » Et c'est bien là, en effet,
de cette passion la seule et véritable fonction : servir de thème
à des épîtres, meubler la mélancolie des promenades solitaires.
Lorsque après l'héritage de son oncle, il revient à Paris, il se
prépare à ressentir, à la première entrevue, des spasmes de
joie. « Le calme de son cœur le stupéfie. Il s'obstine néan-
moins dans son illusion volontaire et à force de battre le bri-
quet sur son cœur, il en arive à entraîner à la suite de son
imagination toute sa tendresse, toute sa sensibilité, à donner
une apparence de réalité à ce fantôme de sentiment; mais il y
manque encore cette spontanéité et cette puissance des passions vraies et s'il veut posséder Mme Arnoux, c'est, — plus encore que par désir intense, — afin de réaliser sa conception
amoureuse dans les formes prescrites, par amour-propre aussi
et par vanité d'homme. Mais Mme Arnoux ne l'accompagne que
jusqu'à la moitié de son rêve; leur liaison s'en tient à une in-
timité de confidences, et, dans la petite maison d'Auteuil où
elle s'est réfugiée pour résister à un sentiment qu'elle éprouve
avec plus de sincérité que Frédéric, il lui conte « ses mélanco-
lies au collège, et comment, dans son ciel poétique, resplen-
dissait un visage de femme si bien qu'en la voyant pour la première fois, il l'avait reconnue ». Lorsqu'ils vont peut-être

s'appartenir l'un à l'autre, les circonstances les séparent ; Arnoux ruiné emmène sa femme loin de Paris et le livre se termine quelque vingt ans après par cette visite de Mme Arnoux, rapportant à Frédéric dans un portefeuille de velours, brodé par elle de plumes d'or, la somme prêtée naguère à son mari. Elle lui avoue dans une émotion profonde tout l'amour qu'elle a ressenti, — et bien qu'il la soupçonne d'être venue pour s'offrir lorsqu'elle lui dit d'un air de désespoir : « J'aurais voulu vous rendre heureux », — bien qu'il soit repris par une convoitise plus forte que jamais, furieuse, enragée, il s'abstient de la posséder « pour ne pas dégrader son idéal», sa conception de l'amour qu'il a préférée à l'amour. Cet aveu final du sentiment vrai éprouvé par Mme Arnoux accentue la nature chimérique de la passion de Frédéric, impuissant à saisir un bonheur qui fut si près de lui, et le roman s'achève sur cette impression de grande tendresse gâchée.

V

Si avec le terne héros de l'*Education sentimentale*, avec Mme Bovary, avec Léon, la vision de Flaubert a porté sur des êtres égarés par une duperie sentimentale, elle pénètre avec non moins d'intensité dans une autre région peuplée de phénomènes qui révèlent une duperie intellectuelle aussi complète et plus diversifiée : semblable à cette baguette de coudrier, qui, entre les mains des simples, se courbe et se penche vers les sources cachées sous terre, l'acuité de son esprit est irrésistiblement aimantée vers le mensonge caché dans les personnages et dans les faits ; elle le découvre dans les consciences, le rend visible à tous, l'étale dans sa difformité. Ce Bovarysme intellectuel, qui se manifeste dans les actes et dans les paroles de Homais, Deslauriers, Pellerin et autres types secondaires, est, comme la précédente fiction, le produit d'un désaccord entre deux termes, l'un réel et l'autre imaginaire, ce dernier tenu pour réel par défaut d'esprit critique et sous l'influence de mobiles divers. Mais l'illusion, dont le personnage est la dupe, ne s'exerce plus sur la qualité et la nature de sa sensibilité ; son intelligence est seule en jeu ; c'est sur la valeur de ses facultés intellectuelles qu'il prend le change, les imaginant d'une certaine façon tandis qu'elles sont autres, inférieures à l'idée qu'il s'en fait ou simplement différentes de ce qu'il les suppose. Une revue rapide de tous les personnages de second plan, évoluant ainsi qu'en une lanterne magique dans l'angle lumineux formé par la vision du maître, nous les montrera se dédoublant tous fatalement d'après la formule Bovaryque, usant, abusant de la faculté qu'a l'homme de se concevoir autrement qu'il n'est, et ne parvenant jamais à se saisir eux-mêmes. Frédéric Moreau, victime d'une fausse conception de sa sensibilité, l'est aussi d'une fausse conception de son intelligence ; l'ayant jugée artistique, il attend la révélation soudaine d'un don qui va le sacrer poète, peintre ou musicien ; aucune de ces vocations ne se déclare, et ce faux espoir secondé par une mollesse native s'oppose à tout effort ayant pour but de développer les facultés plus humbles qu'il renie, dont il est doué, et qui l'eussent pu servir dans la vie.

Deslauriers, son ami d'enfance, préparé par une même éducation, en proie à une analogue tendance cultivée en commun, pendant les années de collège, trahit sous une autre forme une conception également chimérique de lui-même et de la vie. Peu préoccupé du sentiment et dédaigneux de l'amour, son « moi » n'en est pas moins annihilé par la fascination d'un but vers lequel ne tendent pas ses propres aspirations, par un principe d'imitation qui lui impose des actes irréalisables pour lui. Il croit, d'après Balzac, au jeune homme pauvre qui, surgissant de sa province, à force d'audace conquiert Paris ; l'exemple des Rastignac, des Lousteau fait miroiter devant ses yeux les possessions de la fortune et du pouvoir, les assouvissements de l'ambition, les jouissances de la domination. Il s'est enthousiasmé d'un idéal d'énergie volontaire ; il croit qu'il suffit « pour obtenir les choses de les désirer fortement ». Le Julien Sorel de Stendahl s'accordant dix minutes pour déclarer son amour à Mme de Raynal hante son imagination. Mais pas plus que les sentiments, les désirs ne s'improvisent et c'est en vain que pour appliquer sa formule, il se prescrit expressément des actes de volonté à accomplir : ces vouloirs, qui ne sont point issus de la vérité de sa nature, de la spontanéité de son désir, n'ont point cette énergie qui fait « obtenir les choses » et se brisent piteusement contre les réalités. C'est ainsi que s'étant prescrit, au mépris de son amitié pour Frédéric, de devenir l'amant de Mme Arnoux, il ne réussit qu'à se faire congédier ; c'est ainsi que plus tard, après qu'il a profité du dépit de Louise Roques, délaissée par ce même Frédéric, pour en faire sa femme, celle-ci s'enfuit avec un chanteur. En toutes choses son entêtement à s'imaginer autre qu'il n'est, le mène à des avortements ; jamais la conception de son rêve n'en engendre la réalisation et son parti-pris d'être malgré lui-même un homme d'action façonnant les circonstances et dominant la vie n'en fait qu'un Bovaryque de la volonté.

Est-il besoin de retracer la caricaturale silhouette du pharmacien Homais ? Celui-ci incarne le Bovarysme intellectuel : l'esprit surexcité par les mirages du progrès, l'imagination surchauffée par la vulgarisation des idées philosophiques, il s'est épris d'un idéal scientifique dont la médiocrité de son intelligence et l'insuffisance de son instruction lui interdisent l'accès. Mû par un mobile de vanité et sous l'influence d'une prétention native, il prend ses enthousiasmes pour des aptitudes et son admiration pour la possession. De même que Mme Bovary a déformé les sentiments pour les adapter aux modes de sa sensibilité, il déforme les idées, les étrique et les rogne afin de les pouvoir retenir, comme en un lit de Procuste, dans l'étroite cavité de son cerveau. Pour lui tenir lieu de tout ce qu'il ignore, pour dissimuler l'abîme qui sépare le savant et le penseur, qu'il croit être, du sot présomptueux qu'il est en réalité, il a ramassé dans la petite presse tous les lieux communs sur le progrès et sur le cléricalisme; quelques bribes d'histoire allant de la Saint-Barthélemy à la Terreur blanche, s'est fait une érudition de prospectus et d'almanach ; comme il ne possède aucune science positive qui le puisse mettre en garde contre des renseignements et des opinions puisés à des sources frelatées, toutes ces idées reçues, toutes ces connaissances de seconde main prennent la place de sa personnalité, et ce mélange de nullité, de prétention, d'ignorance, produit cette mascarade qui donne à chacune de ses phrases une allure de comédie. Le voilà se carrant dans son rôle de savant, gonflant son personnage à le faire éclater, imprimant à sa voix des inflexions solennelles, aux plis de sa redingote une ampleur officielle, s'emplissant la bouche de mots techniques et ronflants, s'entourant d'un air d'importance et de supériorité. Pour ridicule et simplement risible qu'il apparaisse, le personnage ne laisse pas pourtant que d'être dangereux lorsque sa vanité est en jeu. S'il suggère à Mme Bovary l'idée de l'opération du pied-bot, c'est parce que, s'estimant un des principaux citoyens d'Yonville, il a jugé bon que cette commune acquît une notoriété de nature à rehausser sa propre importance. Il a donc décidé qu'Yonville, pour se mettre au niveau, devait avoir des opérations de stréphopodie. C'est par cette vanité toujours agissante, que le mensonge qui est en lui produit ses effets funestes.

Voici Pellerin à la recherche d'un amateur de tableaux ; ébloui par les splendeurs de l'art, peintre au même titre que le pharmacien est un penseur et un savant, en réalité, un esthéticien qui confond ses facultés critiques avec des facultés actives et prend ses enthousiasmes pour un don d'exécution ; dénué d'inspiration personnelle, hanté par les procédés des grands maîtres, et toujours espérant suppléer la nullité de son tempérament artistique par un effort de compréhension. Aussi, pour fortifier le mensonge intérieur qui lui donne l'illusion de son génie, comme il revêt avec soin toutes les apparences extérieures de l'artiste qu'il veut être, comme il possède toute la terminologie technique du métier, comme il s'entoure de tout le décor, de tous les accessoires de son art ! Heureux lorsque parfois l'illusion des autres s'amalgame avec la sienne et prête main forte à son Bovarysme, lorsque Frédéric visitant son atelier, désireux et convaincu d'aimer la peinture, admire celle qu'il lui montre et qu'il croit faire.

Voici, Arnoux, une ébauche de Bouvard, un Bouvard avant Pécuchet, tour à tour peintre, marchand de tableaux, faïencier, se croyant propre à tout parce qu'aucune impérieuse et réelle vocation ne limite ses aspirations, expiant par la faillite son universelle incompétence et la présomption de ses essais multipliés ; puis Delmar, le chanteur de cafés-concerts, devenu acteur de drame, incapable de résister à la suggestion de ses rôles : les personnages qu'il représente à la scène ayant banni de son être tous vestiges d'individualité propre, la foule avide d'incorporer son idéal, a installé dans ce cerveau vidé la fiction qui sert d'exutoire à ses besoins d'enthousiasme. Désormais, « Delmar incarne le peuple ». Il a une mission sociale, il est devenu Christ et Sauveur. Son illusion, fortifiée par le désir de tous, par le commun amour du mensonge, lui a inspiré une foi si complète en sa nouvelle identité que le voici, en quarante-huit, se portant candidat aux élections de la Seine et s'offrant pour réduire à lui seul une émeute en montrant sa tête au peuple !

Enfin voici le cortège des Bovaryques politiques, des Sénécal, des Dussardier, des Regimbard, des Compain, caricatures si-nistres, jobards attendrissants ou fantoches grotesques; Sénécal « un futur Saint-Just » arraché à la réalité de son tempérament par l'attraction fascinatrice de l'histoire ; Dussardier, héros naïf à l'âme de peuple, halluciné par les idées de justice et de fraternité, condamné par son ignorance à prendre les mots pour des choses et à être la proie de la première volonté étran-gère qui imprimera une direction à sa combativité. Tous deux sont doués d'une active énergie, aussi le mensonge qui les gouverne va-t-il se traduire autrement que par la bêtise des paroles et la comique affectation des attitudes, — par des actes dramatiques. Avide d'infliger sa volonté, d'âme dure et im-pitoyable, Sénécal, après avoir payé son tribut de souffrance au rêve humanitaire auquel il s'était voué, dépouille brus-quement son personnage d'emprunt, et devenu agent de police, c'est lui qui, par un de ces incidents romanesques si rares dans l'œuvre de Flaubert, tue de son épée au milieu d'une émeute le brave commis que ses déclamations ont naguère endoctriné.

Regimbard appartient à la pure comédie; des deux termes antagonistes, le réel et l'imaginaire dont les rapports divers constituent l'âme humaine perçue par Flaubert, le premier a presque entièrement abdiqué ; il n'y a donc plus de lutte, plus de drame à redouter; c'est ici le domaine de la caricature et du rire. Qu'importe que des êtres veules, sans originalité propre et sans consistance réelle soient meublés de sentiments et d'idées recrutés autour d'eux dans l'exemple ? ces mobiles empruntés ne trouveront pas dans les âmes inertes des personnages la sève qui les ferait reverdir, pousser et jaillir en actes extérieurs, en manifestations efficaces ; la mascarade va s'en tenir à une promenade décorative et c'est avec une entière gaîté que le spectateur assiste aux ébats bouffons du grave fantoche dont la solennité s'étale dans l'inconsistance de l'être réel. De personnalité nulle, Regimbard s'est institué républicain et patriote parce qu'il faut bien être pourtant quelque chose. Il a la haine de l'Angleterre et veut prendre le Rhin. « Delenda est Carthago. » Il prétend se connaître en artillerie et il lui suffit pour entretenir son illusion de se faire habiller par le tailleur de l'École polytechnique. Par quelques procédés aussi simples, par l'invariabilité des attitudes, la rigidité inflexible du masque, la profondeur d'un silence obstiné, il en impose à son public ordinaire, la clientèle des cafés qu'il fréquente l'appelle « le Citoyen » ; il passe pour un penseur et pour un grand homme ; sa femme partage cette opinion et plus tard les petites ouvrières de Mme Regimbard seront malheureuses dans leur ménage parce qu'elles l'auront conservé comme idéal.

A ce dernier plan de l'œuvre de Flaubert grouillent tous les personnages en grisaille auxquels l'intérêt personnel, la profession, la caste et le milieu social ont imposé leur conception d'eux-mêmes, leurs idées, leurs sentiments et leurs actes ; ils révèlent l'étroite corrélation qui rattache tous les phénomènes moraux réunis en faisceau par la vision du maître aux phénomènes de l'hypnose : dans une des phases particulières à cet état, l'hypnotisé auquel on présente un objet accomplit aussitôt sans relâche le mouvement dont cet objet suscite l'idée ; un ouvrage de tricot placé entre les mains d'une femme provoquera de sa part l'action de tricoter qu'elle exécutera sans cesse, jusqu'à ce que le magnétiseur la réveille ou lui inspire un autre acte par un semblable procédé. C'est ainsi que le notaire Marescot, à la vue des panonceaux dorés qui ornent le portail de sa maison, conçoit toute sa personne morale, les attitudes et les paroles congruantes aux actes de son ministère, les opinions qu'il doit pratiquer, les sentiments en rapport avec sa situation officielle ; cette simple contemplation lui suggère la conduite à tenir pendant tout le cours de sa vie, il ignorera, grâce à ces bienheureux emblèmes, les affres des incertitudes, les tourments des luttes intérieures ; il évoluera dans l'existence avec une automatique sûreté, se mariera, mariera, grossoiera, mourra dans des formes parfaitement déterminées auxquelles il ne pourra se soustraire. L'écharpe municipale du maire Foureau lui rend le même office qu'à l'heureux tabellion sa plaque armoriée. Le jeune vicomte de Cisy s'hypnotise lui-même sur le pommeau de son stick, et l'introduction de ses mains dans la peau souple de ses gants jaunes lui révèle ses facultés, sa raison d'être, les modes de sa sensibilité, toute sa philosophie de la vie. Dans sa qualité de gentilhomme et de riche propriétaire terrien, le comte de Faverges découvre son âme et ses aspirations, la mesure de ses ambitions, tout l'arsenal de ses opinions politiques, religieuses et sociales. Le curé Bournisien, l'abbé Jeufroy, revêtent avec leur soutane toute leur personnalité morale ; elle est le talisman qui leur inspire toute la série des actes à accomplir, l'onction des paroles consolatrices, la sévérité des remontrances, la dignité du maintien, la foi, la charité et qui soudain les initie aux lettres et aux sciences, les gratifiant d'opinions très précises sur l'art et le théâtre, l'histoire et la géologie. Bon prêtre d'ailleurs, le curé Bournisien est catholique et dévot comme Homais est libre penseur et voltairien ; ses raisons de croire aux dogmes qu'il enseigne sont équivalentes à celles qui induisent l'apothicaire à être « pour la profession de foi du vicaire savoyard et les immortels principes de 89 », à croire à un être suprême qui l'a placé ici-bas pour y remplir ses devoirs de citoyen et de père de famille. Une égale ignorance, une égale incompétence les met à la merci de la première suggestion qui, une fois pour toutes, imprime à leur activité une direction invariable.

Parfois, un mobile violent surgissant soudain, l'intérêt, la peur, suffit pour bouleverser la conception que le personnage avait de lui-même. Dans *L'Éducation sentimentale*, dans *Bouvard et Pécuchet*, Flaubert a écrit des pages à la Tacite sur ces brusques évolutions, sur ces transformations causées par la peur dans les consciences. Lors de la chute de Louis-Philippe, M. Dambreuse, le riche banquier, découvre qu'il a toujours été républicain ; il se réjouit des événements, déclare sa sympathie pour les ouvriers, et Martinon qui l'accompagne chez Frédéric pense qu'il faut se rallier à la République, parle de son père laboureur, fait le paysan, l'homme du peuple. — Les choses se passent de même à Chavignolles : le comte de Faverges oublie qu'il est légitimiste pour ne se souvenir que de sa haine contre les d'Orléans. « On ne les reverrait plus. Bon voyage. Tout pour le peuple désormais. » Le curé Geoffroy bénit l'arbre de la liberté et dans son allocution tonne contre les rois, glorifie la République. « Les puissants alors flagornaient la basse classe. Tout passait après les ouvriers. On briguait l'avantage de leur appartenir. Ils devenaient des nobles. » Et on sent que tous ces fantoches n'ont pas même le courage et la franchise de leur peur; une pudeur les empêche de se contempler dans leur réalité ; leur faculté de se concevoir autrement qu'ils ne sont se met en branle aussitôt, pour leur épargner la pleine conscience de leur palinodie. Ils s'efforcent de se duper eux-mêmes : le mensonge qu'ils se forgent est un palliatif au mensonge qu'ils font aux autres, et à entrer ainsi dans l'illusion de leur rôle, la comédie leur devient plus facile. La nullité de leur tempérament leur a permis de prendre le change sur le mobile qui les détermine, et de farder la peur des couleurs de la bonne foi, des apparences d'une conviction personnelle. Cette fallacieuse évolution à laquelle s'allie une duplicité, dont il est hasardeux de faire la part, déconcertante, il est vrai, pour le jugement du moraliste, n'intervient-elle pas le plus souvent dans les actes humains ? Les purs coquins sont rares, et nous ne les concevons tels que pour satisfaire nos besoins d'indignation, pour n'être pas entravés dans notre courroux par l'admission des circonstances atténuantes; dans la réalité, la bêtise tempère presque toujours la bassesse des instincts, la bêtise, telle que la conçoit Flaubert, une duperie de soi-même.

Cette bêtise spéciale découle par un lien fatal de la fausse conception d'eux-mêmes, propre à tous ses personnages : après les avoir contraints d'exécuter des actes auxquels ils sont particulièrement inhabiles, elle s'épand dans les idées, se carre dans les paroles, se délaie dans les conversations ; nous avons vu comment Mme Bovary, Frédéric Moreau, Homais, Pellerin, pour entretenir l'illusion qui les égale au modèle fascinateur, sont tenus de falsifier et de déformer les senti-

ments et les idées inaccessibles à l'aridité de leur cœur ou à
la faiblesse de leur intelligence : ils échangent entre eux les
opinions issues de cette sophistication et font sonner dans
leurs discours la note discordante qui s'élève de leur âme adul-
térée. Que l'on se souvienne des deux conversations entre
Emma et Léon dans l'auberge d'Yonville et dans l'hôtel de
Rouen, et de la discussion sur le théâtre entre Homais, le curé
Bournisien, Binet et Bovary, puis, dans l'*Éducation sentimentale,* des réunions chez Frédéric, du punch chez Dussardier
et, dans *Bouvard et Pécuchet,* des questions posées par les
deux amis au curé Jeufroy, de ces étonnantes controverses
auxquelles prennent part le comte de Faverges, son intendant,
le maire Foureau, Marescot, Mme de Noares, la dame de com-
pagnie du château, et, lorsqu'il s'agit d'un point de théologie,
Reine, la servante du curé. Aucune des opinions exprimées
n'est basée sur un fait positif, sur une raison de nature à la
justifier ; toujours elle a pour origine un enthousiasme, un
parti pris, l'intérêt, la position sociale ou la profession, et
grâce à l'évolution bovaryque, grâce à l'ignorance qui la facilite, ces mobiles de sentiment et d'intérêt prennent la force
et l'apparence d'un argument et déterminent des convictions.

VI

Bouvard et Pécuchet méritaient de tenir une place à part
parmi les personnages mis en scène par Flaubert. Ils ne sont
plus, comme les précédents, des individualités isolées ne te-
nant leur valeur représentative que de l'abstraction instinctive
faite par la vision de l'artiste, ou des types dont la généralité
est restreinte dans les limites d'une démarcation sociale, d'une
catégorie d'êtres soumis à des influences semblables ; ils ont
eux, la valeur d'un symbole ; ils incarnent l'humanité ; la représentation artistique dont ils sont l'objet a été précédée d'une
abstraction philosophique qui les a dépouillés de toutes particularités trop contingentes et ne leur a laissé que les tendances

communes à tous les hommes. En eux donc, la faculté d'évolution perçue par Flaubert dans tou..es les consciences individuelles va s'incorporer, va fonctionner ouvertement comme le rouage principal, moteur de la machine tout entière ; ce jeu intérieur ne sera plus masqué par la complexité des mobiles qui surgissent simultanément dans l'âme des autres personnages et dirigent tour à tour leurs actes. Homais, par exemple, se conçoit autre qu'il n'est, savant et penseur profond, sous l'influence d'un double mobile ; l'absence d'esprit critique n'est pas le seul agent de l'opération mentale qui lui fait prendre son admiration de la science pour la possession de la science : ce défaut de critique est secondé par une excessive vanité, et ce mobile complémentaire, en l'incitant à une duperie des autres plutôt que de lui-même, nuit à la netteté de l'évolution bovaryque, lui substituant, dans une proportion inappréciable, un principe étranger suffisant pour déterminer l'accomplissement de l'acte. C'est ce mélange des causes déterminantes qui rend le personnage du pharmacien, tantôt comique, lorsqu'il déroule, sous des mots pompeux, le vide de sa pensée, tantôt odieux lorsqu'il fait interner dans un hospice le mendiant qu'il a vainement tenté de guérir d'un mal d'yeux. Cette confusion de mobiles, empiétant les uns sur les autres, ne se manifeste plus dans les actes exécutés par Bouvard et Pécuchet : s'ils se conçoivent autres qu'ils ne sont, c'est sans l'intervention d'aucun principe d'intérêt, spontanément, et en vertu d'une évolution fatale qui semble être la loi de tout organisme humain ; s'ils montrent, parfois, une inoffensive vanité, elle n'est pas, à vrai dire, le motif qui détermine leurs actes, elle ne vient qu'après et lorsqu'ils ont acquis la faculté de percevoir la bêtise ; ce sentiment existe en eux pour qu'aucune des passions inhérentes au cœur humain ne leur soit tout à fait étrangère ; mais il n'entraîne aucun effet malfaisant ; tous deux représentent une humanité sympathique et pitoyable et l'élément qui prédomine dans leur cerveau est le désir de savoir, une soif de certitude, une aspiration toujours tendue vers la résolution des problèmes qu'ils entrevoient et toujours déçue. Flaubert, transportant dans la philosophie sa vision d'artiste, a constaté ce bovarysme irrémissible de l'homme, toujours ce mal de la pensée et de l'imagination qui l'incline à se concevoir

autrement qu'il n'est, à méconnaître ses instincts réels pour
céder à l'attraction des problèmes qui l'environnent et le fas-
cinent, à briser toujours l'effort de son cerveau contre le mur
mystérieux qui lui dérobe la vue de l'absolue vérité, ou plutôt
à imaginer, hors de la portée de son intelligence et de ses
sens un au-delà dont la perspective devient plus lointaine
après chaque effort fait pour l'atteindre. Il a signalé cette disproportion formidable entre les interrogations posées par l'inquiétude de notre esprit et nos moyens d'y répondre. Quelle
influence singulière nous arrache ainsi à nous-mêmes et à
l'heure présente, dresse l'idée en face de l'instinct, créant à côté
de nos besoins réels des besoins imaginaires auxquels nous
donnons l'avantage? Ce principe hystérique qui s'élève du
fond même de notre nature comme un mode à rebours de
notre sensation exaspérée, ce principe qui a donné naissance à
toutes les théogonies, à tous les systèmes philosophiques et à
toutes les sciences, Flaubert l'étreignant sous ses deux formes,
en a exprimé l'inexorable ironie, en a dévoilé le c eloppe-
ment fatal dans un double effort, dans cette amère lamentation, *La Tentation de saint Antoine*, dans cette comédie caricaturale, *Bouvard et Pécuchet*. Il a fait comparaître, dans le
premier de ces livres, toute la série des religions glorifiant
tour à tour ou méprisant la chair; se détruisant mutuellement
par des affirmations inconciliables; il les a montrées comme
les rêves successifs et incohérents de la cervelle humaine. Dans
le second, il a évoqué tous les systèmes scientifiques, toutes
les notions acquises, toutes les idées philosophiques, et ar-
mant comme des gladiateurs ces échantillons de la Connaissance, il les a poussés dans l'arène afin qu'ils s'entretuent
sous le heurt des démentis brutaux, avec le glaive des fla-
grantes contradictions. Peut-être objectera-t-on que les nom-
breuses déceptions, les insuccès multipliés subis par des fantoches tels que Bouvard et Pécuchet ne prouvent rien contre
l'absolu de la science? qu'en choisissant des êtres aussi inconsistants, Flaubert a enlevé beaucoup de force à l'idée qui
se dégage de son livre, soit, comme l'a dit **M.** de Maupassant,
la démonstration de l' « impuissance de l'effort, la vanité de
l'affirmation et toujours l'éternelle misère de tout ». Ce pessi-
misme n'est, en effet, que la métaphysique supérieure du livre

qui contient aussi un point de vue psychologique plus voisin de nous. Flaubert, dominé par son tempérament d'artiste, n'a pu se résoudre à faire seulement une œuvre de penseur, à manier des idées abstraites sans les incorporer dans des types, dans des personnages vivants : c'est dans les replis de leurs cerveaux qu'il suivra la marche incertaine de l'idée. Donc Bouvard et Pécuchet incarnent un mythe qui comporte deux degrés d'initiation : s'ils symbolisent d'une façon transcendante l'humanité, l'intelligence, ou plutôt l'illusion humaine, ils personnifient aussi l'homme moderne, arrivant dans la vie avec des facultés à peu près semblables à celles de ses premiers ancêtres et se trouvant en présence de l'infinité des idées philosophiques, morales, littéraires et scientifiques élaborées par les dix-huit siècles de notre civilisation, greffée sur les acquêts des sociétés helléniques et du monde latin. Le développement de l'instruction prodiguée à tous, la diffusion par la presse des idées générales, des aperçus sur toutes choses, donnent à chacun la conscience de l'effort accompli et soulèvent un sentiment d'admiration pour les résultats acquis ; et ce sentiment d'admiration, de vénération pour la science, est d'autant plus vif que plus grande est l'ignorance de ce tard venu dans ce monde trop vieux ; — les facultés de foi et d'enthousiasme ne sont-elles pas en raison inverse des facultés de compréhension ? Bouvard et Pécuchet sont doués de ce sens de la vénération : ils sont très ignorants et de plus dépourvus de tout goût particulier qui puisse incliner vers une unique direction l'énergie de leur tempérament, les absorber et les satisfaire par la perpétuité d'un plaisir toujours renaissant. Ainsi faits, ils sont facilement dupes de tous les mirages qui les environnent ; la pensée humaine dresse autour d'eux ses sommets et les sollicite avec une égale insistance sous toutes ses faces ; pleins de foi et poussés par la seule force de leur admiration, ils abordent avec intrépidité tous les problèmes, et de même que Mme Bovary, sous l'influence de l'exaltation romantique, prend le change sur sa propre nature et se croit faite pour éprouver les tendresses idéales d'un chimérique amour, de même Bouvard et Pécuchet confondent l'enthousiasme que leur inspirent les arts et les sciences avec une aptitude à les comprendre et à les appliquer ; c'est cette fausse conception d'eux-mêmes qui cause leurs mécomptes perpétuels ; c'est cette disproportion entre les rôles qu'ils se croient propres à tenir et l'absence de toutes les qualités requises pour les remplir qui fait naître leurs promptes déconvenues et fait saillir le côté comique de leurs personnages. Flaubert a su accentuer ce relief comique en attribuant à chacun d'eux un semblant de tempérament et en faisant accomplir par l'un, à charge de réciprocité, les actes appropriés à la nature de l'autre et en désaccord flagrant avec ses propres tendances. Bouvard, plus sanguin, enclin aux plaisirs de la chair et à ceux de la bonne chère, bon vivant et d'humeur grivoise, paraît plus propre à subir les excitations du monde extérieur ; entraîné par Pécuchet dans les spéculations de la philosophie transcendantale, il s'y lance éperdûment et l'esprit confondu par les contradictions des systèmes, tombe dans le scepticisme. Son incompétence notoire n'ajoute-t-elle pas au comique de la situation, lorsqu'à la suite d'une discussion Pécuchet constate l'état d'âme de son ami. « Ce fut une surprise, un écrasement, Bouvard ne croyait même plus à la matière. » — Pécuchet plus cérébral, d'humeur plus morose et de sens plus réfléchi, semble offrir plus de prise aux fascinations de l'idée pure ; c'est lui qui, après avoir été le témoin furtif d'une scène de passion, veut pénétrer dans ce monde inconnu pour lui de l'amour ; subjugué par la puissance de l'exemple, il s'imagine qu'il est propre à le ressentir et à l'inspirer, et après s'être renseigné auprès de Bouvard, il se livre, avec leur petite bonne Mélie, à des expériences dont le résultat lamentable a bientôt fait de détruire son illusion et de le dissuader de nouvelles tentatives. C'est ainsi que, se complétant l'un l'autre par des ombres d'inclinations, Bouvard et Pécuchet s'entraînent tour à tour dans leur sphère réciproque afin de rendre plus criarde encore la dissonance qui toujours éclate entre leurs essais et leurs moyens de les réaliser ; et après chacune de leurs expériences, ce qu'il nous faut constater, c'est l'antagonisme indestructible entre le tempérament du personnage et les goûts qu'il se suppose, les buts divers qu'il s'est proposé d'atteindre, l'idéal dont il s'est engoué. D'ailleurs, en dehors de ces nuances légères, indiquées entre Bouvard et Pécuchet, pour les distinguer l'un de l'autre et souligner l'inanité de leurs efforts, leur vraie caractéristique est de n'avoir aucune vocation spéciale, aucune accentuation de tempérament : ils n'ont que le degré d'être et de consistance nécessaire pour pouvoir prendre toutes les formes de la vie dès qu'une circonstance fortuite leur imprime une direction ; c'est ce néant, ce défaut de tout amour déterminant qui leur fait adopter tour à tour les occupations les plus diverses, aborder les études les plus dissemblables ; c'est parce qu'aucun goût dominateur ne les dirige vers la chimie plutôt que vers la médecine, vers l'agriculture ou le jardinage plutôt que vers l'archéologie, la philosophie ou l'économie politique, qu'ils sont ainsi attirés par chaque manifestation de l'humaine activité, aimantés vers chaque point lumineux de la science et de la pensée, et que, n'étant point retenus par l'assouvissement d'une intime satisfaction, ils s'en lassent aussitôt, rebutés par l'insuccès, résultat de leur inaptitude, par les contradictions des savants, d'autant plus apparentes à leurs yeux et concluant d'autant plus à la vanité de la science tout entière qu'ils ne sont point eux-mêmes attachés à une opinion personnelle et préférée.

Leur vie n'est qu'une comédie perpétuelle qu'ils se jouent à eux-mêmes, un continuel effort pour aimer et pour comprendre : ils s'efforcent au Louvre de « s'enthousiasmer pour Raphaël » ; ils essaient de prendre des notes au cours d'arabe du Collège de France ; comme Mme Bovary, croyant que certains pays privilégiés, certains sites et des décors extérieurs sont propres à susciter des états d'âme, à produire l'amour, de même Bouvard et Pécuchet croient qu'il existe une recette infaillible et précise pour devenir artistes et savants ; ils la cherchent dans les manuels spéciaux, tâchent de l'appliquer ; mais bien qu'ils reproduisent de leur mieux le costume, les gestes et toutes les apparences extérieures des savants qu'ils veulent être, toujours leur incapacité et leur ignorance foncière, aboutissent à un cataclysme lorsqu'ils se heurtent à une réalité. S'étant imaginé d'être géologues, ils achètent le *Guide du voyageur géologue* de Boné, et dociles aux recommandations du livre, se munissent d'un hâvre-sac, d'une trousse, s'arment de l'immense bâton du touriste et n'hésitent pas à prendre la qualité d'ingénieurs ; ils parviennent ainsi à échafauder l'illusion du personnage qu'ils ont résolu d'être, et en

véritables don Quichotte, croient du premier coup avoir trouvé
l'objet de leurs recherches : pensant découvrir un poisson anté-
diluvien, ils déterrent un vieux mât qui soutenait une falaise
et risquent de produire un formidable éboulement ; le garde-
champêtre et un douanier les arrêtent. Et comme ils vont au
bout de chacune des aventures qu'ils entreprennent, toujours
la réalité vient briser implacablement le mensonge forgé par
leur imagination.

Faut-il donc s'en prendre à la vanité de la science, si les deux
compères échouent dans leur tentative d'exploitation agricole,
si le microscope dont ils ne savent se servir, leur cache les
objets au lieu de les grossir, si l'alambic dans lequel ils con-
fectionnent la Bouvarine éclate, menaçant de les tuer ? Recherchant la cause de cette dernière infortune, l'idée leur vient
qu'elle consiste peut-être en ce qu'ils ne savent pas la chimie.
Et de fait, il y a toujours quelque chose qu'ils ne savent pas,
quelque chose d'indispensable à connaître pour assurer le
succès de leurs diverses entreprises. Et à chaque page se
manifeste l'effroyable disproportion entre les désirs que font
surgir en eux toutes les découvertes annoncées de la science et
leur incapacité d'en jouir, de les comprendre, de les appliquer ;
toujours et partout le défaut de vocation, toujours un abîme
entre leur point de départ et le but à atteindre. Mais c'est aussi
par là qu'ils symbolisent l'humanité, c'est ici qu'apparaît de
nouveau cette conception d'un Bovarysme métaphysique, cette
disproportion démesurée entre les buts que se propose l'esprit
humain et les misérables résultats de ses recherches. L'homme
n'est-il pas, vis-à-vis des suprêmes interrogations que l'inquiétude de son âme lui pose, dans la même situation que l'ignorant de notre époque, auquel une demi-instruction a suggéré
le désir de connaître toute la science, sans lui fournir la puissance de la posséder ? Tous les problèmes résolus ont-ils
apporté un apaisement à l'angoisse de son esprit ? N'en est-il
pas vis-à-vis des questions essentielles qui l'agitent, malgré
toutes les apparences de progrès réalisés, au même point que
son aïeul des tribus pastorales ou errantes ? La même ignorance
ou les mêmes fictions ne répondent-elles pas aux mêmes
préoccupations de son âme ? N'ignore-t-il pas toujours d'où il
vient et où il va ? Et quant aux progrès accomplis, ont-ils fai t

autre chose que déplacer sa souffrance ? Le désir d'augmenter son bien-être ou son bonheur, aiguillon de toutes les découvertes, n'est que l'éternel appât qui l'incite à remplir sa loi, l'incessante duperie qui le contraint d'accomplir l'évolution de son esprit : sa destinée est d'atteindre à la civilisation, de prendre connaissance du monde qui l'environne, d'en découvrir les lois et les secrets ; il faut donc qu'il s'imagine avoir un intérêt personnel à faire ces découvertes ; il le croit, se met au labeur, et trouve les lois des nombres, les propriétés des corps de la nature, apprend à connaître et à utiliser des forces nouvelles. Mais chaque satisfaction accordée à ses besoins de bien-être, fait surgir en lui de nouveaux besoins ; déjà il ne jouit plus de l'assouvissement procuré à ses désirs anciens, mais il souffre de ne pouvoir contenter ses plus récentes convoitises et son esprit tourmenté s'ingénie à de nouvelles recherches. Toujours le même espoir d'accroître son bonheur est le but qu'il poursuit, inlassable ; ce but est vain, cet espoir est un leurre et ce n'est pas à lui que ses efforts profitent ; ils augmentent le nombre de ses connaissances et non le nombre de ses joies ; ce n'est point ce qu'il en espérait, il a été dupé ; il y a un génie de la Connaissance comme il y a un génie de l'Espèce. Croyant servir ses intérêts, l'homme n'a fait qu'accomplir la loi de son être d'une façon à peine un peu plus compliquée que le corps qui cède à l'attraction de l'aimant, que le fruit qui se développe et mûrit au soleil. Le but imaginaire qu'il poursuivait n'est que le ressort de son évolution ; il se dérobe au moment d'être atteint ; dès qu'il a rempli sa fonction de moteur en communiquant à la machine humaine l'impulsion qui la porte en avant, il se retire brusquement pour aller de nouveau se tendre un peu plus loin.

Le philosophe, qui comme Flaubert, a pénétré la duperie de ce secret mécanisme, sait que tous les buts sont vains. « Oui, la bêtise consiste à vouloir conclure », dit-il dans une lettre à Louis Bouilhet, et cette définition qui étreint toute la bêtise humaine, s'applique très spécialement à la bêtise de Bouvard et de Pécuchet : car ceux-ci ne s'intéressent à chaque science particulière, que pour les applications qu'ils en veulent faire ; les conclusions seules leur importent et jamais ils ne possèdent les éléments d'une conclusion. La vocation leur fait défaut, la spontanéité, l'amour créateur de l'hallucination bienfaisante qui, extériorisant le rêve, fait croire à sa possession. Il sait aussi ce philosophe, que si, à l'inverse de ses deux héros, des savants véritables consacrent leur vie entière à rechercher des vérités ardues, érigent des systèmes absolus en face d'autres systèmes absolus, sans être rebutés par ces incompatibilités, persévèrent dans des applications démenties constamment par des expériences contraires, c'est parce que ceux-ci ont l'amour de la recherche et de la science pour elles-mêmes, ont la vocation qui aveugle leur critique, sont soutenus par un goût personnel, qui n'est en quelque sorte qu'une forme supérieure de l'instinct ; comme les oiseaux construisent leurs nids en vertu d'une impulsion fatale qui les dirige, ils construisent la science « suivant les données fournies par un coin de l'étendue » et cette science, « peut-être comme le pense Bouvard, ne convient-elle pas à tout le reste qu'on ignore, qui est beaucoup plus grand et qu'on ne peut découvrir ». Quant à son utilité, à sa raison d'être, elle n'en a d'autres que de répondre au développement fatal de l'intellect humain ; indifférente à notre bonheur, elle n'est, malgré les espérances que nous fondons sur elle, que l'un des modes de réalisation de la loi supérieure, qui, à travers les mille variétés de la vie individuelle, à travers les mille accidents de nos volontés, préside à notre évolution et nous pousse, sans profit pour nous, de la barbarie à la civilisation et aux lentes dissolutions de la décadence, de sorte que la vanité de tout se confond avec l'illusion de tout.

Quelles seront les applications pratiques d'une telle conception de la vie ? A quelles attitudes, à quels actes sera déterminé l'esprit conscient de cette duperie, de cette farce cosmique ? L'Orient, enclin aux longs assoupissements, aux détachements de la personnalité, répond par l'opium du Nirvanah :
— Abolis ces désirs et ces vouloirs dont tu connais la vanité, ne commets aucun acte, étouffe toute idée dans son germe, clos tes sens aux perceptions extérieures, ta conscience au songe intérieur, renonce à tous les caractères individuels qui constituent l'infirmité de ton moi, rentre, absorbe-toi dans l'être universel qu'aucune détermination ne trouble ainsi qu'un mauvais rêve, évanouis-toi sans crainte dans les abîmes de la vie sans forme et sans pensée. —

Travaillé par les ferments d'action que roulent dans ses veines d'occidental les globules de son sang gaulois, Gustave Flaubert incline vers une solution tout autre, moins mystique et plus conforme au tempérament de sa race. Elle est résumée dans la lettre déjà citée à Alfred Le Poittevin, dans le « Sibi Constat » du poète dont il livre à son ami la pacifiante formule. « Enfin, dit-il, je crois avoir compris une chose, une grande chose, c'est que le bonheur pour les gens de notre race est dans l'idée et pas ailleurs. Cherche quelle est bien ta nature et sois en harmonie avec elle. « Sibi constat », dit Horace ; tout est là. » — Si les buts sont illusoires, l'effort approprié ne l'est pas ; si l'art, la science et la philosophie ne sont autre chose que des manifestations de notre activité au même titre que le travail manuel et le déploiement de la force physique, elles n'en renferment pas moins un principe d'intérêt légitime : la force du goût qu'elles inspirent. L'illusion consiste à croire qu'elles ont un but utile et que le bonheur réside ailleurs que dans l'énergie même de ce goût individuel, — dans la possession d'un résultat. Il importe seulement à chaque homme de connaître ses aptitudes et ses tendances, au milieu de toutes les suggestions d'idées et de sentiments étrangers, de distinguer ses propres aspirations, de savoir découvrir sa vocation spéciale et de l'adopter, de chercher sa loi et de l'accomplir. Le bonheur réside dans cette conformité entre la destination de notre principe actif et l'application que nous en faisons : le plaisir de cette intime concordance nous masque la vanité du but et nous épargne d'y songer. Donc, ayant acquis cette précieuse connaissance, « travaillons sans raisonner » selon le précepte de Martin, et aux insinuations maladives du rêve, aux arguments captieux de l'analyse, répondons comme Candide : « Cela est bien dit, mais il faut cultiver notre jardin. »

Flaubert a trouvé dans l'accomplissement de sa tâche littéraire cet équilibre de sa nature. « La lassitude de l'existence, écrit-il à Le Poittevin, ne nous pèse pas aux épaules quand nous composons. » Et si la plupart de ses personnages sont déchirés par la lutte des éléments contradictoires, quelques-uns rencontrent l'apaisement et le calme dans la perpétration d'une tâche réputée inférieure, mais qu'importe ? puisqu'elle est appropriée à leur nature et absorbé dans un entier assouvissement toutes les forces de leur activité. C'est ainsi que Bouvard et Pécuchet, revenus enfin de l'odyssée de leurs vains désirs, abordent aux régions sereines de la paix intérieure, lorsque ayant discerné leur véritable vocation, ils se mettent à copier. Et le vrai sage de l'œuvre, n'est-il pas le percepteur Binet, qui possède un tour et jouit d'un bonheur complet à tourner des ronds de serviette dont il encombre sa maison « avec la jalousie d'un artiste et l'égoïsme d'un bourgeois » ou « à imiter avec du bois une de ces ivoireries indescriptibles, composées de croissants, de sphères creusées les unes dans les autres, le tout droit comme un obélisque et ne servant à rien. » Et tandis que meurtrie, déchiquetée par les griffes de la Chimère, l'âme d'Emma Bovary s'échappe en vœux stériles, en vaines passions, tandis qu'agonise la pauvre femme à demi assommée d'abord par le coup de massue du départ de Rodolphe, puis plus sûrement achevée par la ruine et par le bon office du poison libérateur, — avec des modulations stridentes, le tour de Binet semble étouffer sous la basse d'un ronflement monotone et continu l'universelle lamentation « des désirs errants et perdus » évoqués par le Poète.

FIN.

VERSAILLES, IMPRIMERIE CERF ET Cⁱᵉ, RUE DUPLESSIS, 59